어쩌다 만난
국어

어쩌다 만난 국어

초판 1쇄 펴낸날 2025년 10월 15일

지은이	고정욱
편집장	한해숙
편집	신경아, 이경희
디자인	최성수, 이이환
마케팅	박영준
홍보	정보영
영업관리	김효순

펴낸이	조은희
펴낸곳	주식회사 한솔수북
출판등록	제2013-000276호
주소	03996 서울시 마포구 월드컵로 96 영훈빌딩 5층
전화	편집 02-2001-5822 영업 02-2001-5828
팩스	02-2060-0108
전자우편	isoobook@eduhansol.co.kr
블로그	blog.naver.com/hsoobook
페이스북	chaekdam
인스타그램	chaekdam

ISBN 979-11-94439-46-2

※ 저작권법으로 보호받는 저작물이므로 저작권자의 서면 동의 없이
  다른 곳에 옮겨 싣거나 베껴 쓸 수 없으며 전산장치에 저장할 수 없습니다.
※ 책담은 한솔수북의 청소년·성인 대상 브랜드입니다.
※ 값은 뒤표지에 있습니다.

큐알 코드를 찍어서
독자 참여 신청을 하시면
선물을 보내 드립니다.

 다른 내일을 만드는 상상

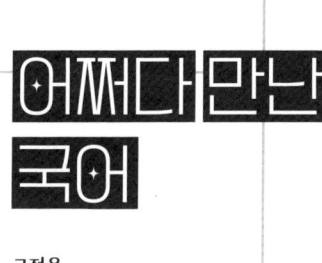

고정욱
지음

차례

문해력 떨어지는 아이들 —— 7

새로 생긴 건물 —— 15

전학생 —— 21

햄버거 잔치 —— 29

뒷산에서 —— 39

박청강 작가 —— 48

국어의 문제 —— 54

새로 온 국어 선생님 —— 61

눈물의 독후감 —— 69

존중받고 싶어 —— 79

유튜브 —— 86

입양 서류 —— 95

노육원에서 —— 101

뜨거운 관심 —— 115

산정리에서 —— 124

새로운 제안 —— 131

방송 그 이후 —— 142

엄마가 나타났다 —— 149

'우리말 한판' 예심 —— 159

최종 결승 —— 169

새로운 꿈들 —— 181

작가 후기 —— 193

문해력 떨어지는 아이들

 방송국 스튜디오에 들어서자마자 준표와 정식이, 그리고 세인이는 눈앞에 펼쳐진 낯선 광경에 잠깐 멈춰 섰다. 천장에 잔뜩 매달린 커다란 조명들이 머리 위에서 번쩍였고, 그 아래에선 바퀴 달린 커다란 카메라 몇 대가 이리저리 움직였다.
 "우와!"
 세 아이는 탄성을 지르며 스튜디오 바닥을 밟을 때마다 소리가 울리는 걸 신기해했다. 한쪽 구석에선 스태프들이 바삐 오가며 촬영을 준비하고 있었다. 각종 장비에서 나오는 기계음과 주조정실에서 내려다보며 지시하는 피디의 목소리가 뒤섞여 어지럽게 들렸다.

"잠깐만요! 거기로 지나가면 안 돼요."

스태프의 외침에 준표는 놀라며 멈춰 섰고, 정식이는 세인이 팔을 붙잡았다.

세인이는 어리둥절한 얼굴로 주변을 둘러보며 긴장된 듯 입술을 깨물더니 우스개를 날렸다.

"어이구, 간 떨어질 뻔! 키키!"

화려하게 차려입은 아름다운 여자 아나운서는 무대 한가운데 투명한 테이블 앞에 앉아 대본을 점검하고 있었다. 세 아이는 어지러운 조명 속에서 움츠러드는 자신들을 느꼈고, 그럴수록 발걸음이 굳었다.

그때 청바지 차림에 머리를 질끈 묶은 여자가 환한 미소를 지으며 세 아이에게 다가왔다.

"안녕하세요. 여러분! 저는 오늘 촬영 진행을 맡은 작가입니다. 긴장하지 말고 편하게 하세요."

준표가 먼저 조심스럽게 고개를 숙이며 인사를 받았다. 옆에 있던 정식이와 세인이도 뒤따라 묻어가듯 고개를 숙였다.

콧수염 기른 피디도 다가와 환하게 웃었다.

"오느라 고생 많았죠? 너무 긴장하지 말고, 즐겁게 해 봐요!"

피디의 부드러운 말투에 세 아이는 마음이 조금 놓였

다. 하지만 정식이는 여전히 굳은 표정이었고, 왈가닥 세인이도 아무 말 없이 수줍게 웃어 보였다. 한 스태프가 세 아이를 분내 나는 분장실로 안내했다. 거울 앞에 앉은 준표는 난생처음 보는 각종 병에 담긴 화장품과 솔 등의 다채로운 화장 도구들에 어리둥절했다. 짙게 화장한 분장사는 마치 자신처럼 해 주겠다는 듯 능숙한 손놀림으로 준표 얼굴에 파우더를 발랐다.

"눈 조금만 감고 있을래요?"

준표는 고개를 끄덕이고 눈을 꽉 감았다. 세인이는 거울에 비친 자신의 모습이 신기한 듯 연신 눈을 깜빡였다. 처음 해 보는 제대로 된 분장에 설레는 눈치였다.

준표의 분장을 마친 분장사가 세인이 머리카락을 정돈해 주었다. 정식이는 뭔가 불편한 듯 자꾸만 몸을 움직였다.

피디는 웃으며 다가와 정식이 어깨를 가볍게 두드렸다.

"조금만 참아요. 곧 끝날 거예요."

세 아이의 분장이 마무리되자, 작가가 다시 다가왔.

작가는 마지막으로 한 번 더 세 아이를 다독였다.

"다들 좀 떨리죠? 처음이라 그래요. 하지만 조금 지나면 괜찮아지실 거예요."

준표는 고개를 끄덕이며 한숨을 내쉬었다.

세인이는 작은 목소리로 물었다.

"저희…… 잘할 수 있을까요?"

작가는 미소를 지으며 고개를 끄덕였다.

"물론이죠!"

부산한 준비가 끝나고 방송이 시작되자 스튜디오 안은 한층 더 긴장감이 감돌았다. 카메라가 돌아가고, 환한 조명이 세 아이를 비췄다.

자리를 잡은 아나운서가 부드러운 미소를 지으며 말을 시작했다.

- 오늘 이 자리에 특별한 사연을 가진 세 명의 학생이 나와 주셨는데요. 산사태로 떠내려간 금동 불상을 찾은 일로 유명한 공준표 군과 방정식 군, 그리고 강세인 양입니다. 바로 질문 들어갑니다. 불상을 어떻게 찾았나요?

아나운서의 질문에 준표는 얼어붙었다. 정식이와 세인이도 눈을 마주치며 어리둥절한 표정을 지었다. 그토록 열심히 외운 대본이 하나도 떠오르지 않았다.

잠깐 얼어 있던 준표가 어설프게 고개를 끄덕이며 대답했다.

- 그냥…… 샛강에서 발견했어요.

간신히 입을 열었지만 말이 끝나기 무섭게 정식이가 팔꿈치로 준표를 슬쩍 찔렀다.

아나운서는 다시 미소를 지으며 질문을 이어 갔다.

- 그렇군요. 그런데 너무 긴장하지 않아도 됩니다. 그때 상황이 어땠는지 조금 더 자세히 이야기해 줄 수 있나요? 어떻게 발견하게 된 건지 무척 궁금한데요.

이번엔 세인이가 조심스럽게 입술을 떼려다가 할 말을 까먹은 듯 머뭇거렸다.

- 어, 그게, 그냥…… 제가 바지가 더러워져서 씻으려고 강에 갔는데 눈에 보여서 처, 처음엔…….

세인이도 말을 더듬었고, 정식이는 조용히 고개를 숙였다. 촌닭도 이런 촌닭들이 없었다. 아나운서는 세 아이가 긴장한 것을 눈치채고 좀 더 친절한 목소리로 다독였다.

괜찮아요. 그냥 천천히, 어디서 어떻게 금동 불상을 찾게 되었는지 이야기하면 돼요.

정식이가 뭔가 말을 해야겠다는 듯 입을 열었다.

- 녹산사 아래 산……에서요.

하지만 말을 잇지 못하고 다시 침묵이 이어졌다.

- 아, 산에서 발견하셨군요! 그러면 그 산의 어디에서 찾으신 건가요? 혹시 불상 주위에 특별한 무언가가 있었나요?

이번에는 준표가 겨우 한마디를 내뱉었다.

- 그냥 강물 속 돌 틈에서요.

세 아이의 갈팡질팡 인터뷰가 이어지자 아나운서가 화제를 돌렸다.

- 불상을 발견했을 때 기분이 어땠나요? 무언가 특별한 감정을 느끼셨나요?

세인이는 얼굴을 붉히며 작게 중얼거렸다.

- 그냥, 신기했어요. …… 꿈만 같았어요.
- 아, 마치 꿈을 꾸는 듯이 현실감이 없었다는 거네요!

준표와 정식이도 어색하게 고개를 끄덕일 뿐, 그 이상 말을 이어 나가지 못했다.

아나운서는 속으로 애가 탔지만, 겉으로는 여전히 미소를 유지하며 마무리했다.

- 정말 특별한 경험이었을 것 같아요. 오늘 금동 불상에 대한 소중한 이야기를 들려줘서 고마워요! 이상 산사태로 유실되었던 녹산사의 금동 불상을 발견한 세 학생의 이야기를 들어 보았습니다.

방송이 끝나고 스튜디오의 조명이 어두워지자 세 아이는 땅이 꺼지게 한숨을 내쉬었다.

작가가 쓸쓸한 미소를 지으며 세 아이에게 다가왔다.

"여러분, 수고했어요! 첫 방송인데 잘 해냈네요."

준표는 얼굴을 붉혔다.

"정말요? 저희 셋 다 말 제대로 못 한 것 같은데……."

"호호, 아니에요. 처음인데 이 정도면 잘한 거예요. 사실 방송에서는 오히려 이렇게 솔직하고 순수한 모습이 더 매력적이에요."

세 아이는 작가의 따뜻한 말에 조금 위로를 받았다.

작가는 마지막으로 세 아이를 바라보며 장난스럽게 덧붙였다.

"근데 여러분, 국어 공부는 조금 더 해야겠어요."

세인이가 부끄러워 얼굴을 붉혔다.

"맞아요. 질문을 잘 이해 못 한 것 같아요. 바보처럼……."

준표도 머리를 긁적이며 이실직고했다.

"죄송해요. 저도 무슨 말을 해야 할지 몰랐어요."

"괜찮아요. 다음에는 더 자신 있게 자기 생각을 말하면 돼요."

작가는 마지막으로 한 번 더 격려하고 황황히 돌아갔다. 작가의 위로에 조금 더 마음이 편해진 세 아이는 스튜디오를 떠났다.

새로 생긴 건물

 방송국을 나온 뒤 준표, 정식이, 세인이는 말없이 걸음을 옮겼다.
 정식이가 먼저 입을 열었다.
 "야, 공준표. 아나운서가 질문했을 때 좀 더 자세히 말했어야지."
 준표는 정식이를 노려보며 억울한 표정을 지었다.
 "뭐? 넌 아예 말을 안 하고 있었잖아!"
 세인이가 끼어들었다.
 "다투지 마. 둘 다 말 못했어. 근데 준표, 니는 평소에 말 잘하더니 왜 그랬어? 얼었냐?"
 "나도 잘 말하려고 했거든?"

"말하려고 했다고? 말했어야지. 하려고 한 게 뭐가 중요해!"

"솔직히 나도 후회가 돼. 질문은 어렵지 않았는데 무슨 말을 해야 할지 생각이 안 나더라."

그러자 정식이가 고개를 들며 세인이를 타박했다.

"너도 말 제대로 못 했잖아. 네가 좀 더 대본을 잘 외웠더라면 이렇게까지 망하진 않았을 거야."

세인이는 서러움에 입술을 깨물었다.

세 아이는 서로를 탓하며 한동안 말다툼을 이어 갔지만 이내 지친 듯 말을 멈추고 각자 조용히 길을 걸었다.

세 아이를 태운 시외버스는 대산시를 지나 녹산시로 달려가고 있었다. 지친 준표는 창가에 앉아 눈을 감고 있었다. 세인이와 정식이도 조용히 옆자리에 앉아 있었지만, 허탈함이 흐르고 있었다. 그때 갑자기 준표의 핸드폰이 울렸다. 화면에 뜬 '엄마'라는 이름을 힐끗 보고 준표는 잠깐 망설이다가 전화를 받았다.

- 준표야! 방송 잘했어? 녹화는 어땠어?

엄마의 목소리는 밝고 다정했지만, 준표는 갑자기 머리가 아파 와서 그냥 짧게 아주 건성으로 대답했다.

"응, 그냥…… 괜찮았어."

- 질문은 어렵지 않았어? 떨진 않았지?

"그냥…… 그럭저럭했어."

- 구체적으로 좀 말해 봐! 질문이 뭐였고, 뭐라고 대답했느냐고!

준표는 목소리에 잔뜩 짜증을 담아 대답했다.

"몰라. 그냥 물어보는 거에 대충 대답했다고."

- 방송은 언제 한대? 이모랑 동창들에게도 꼭 보라고 알려 줘야겠다.

"엄마, 나중에 얘기하면 안 될까?"

세인이와 정식이가 준표의 목소리가 점점 높아지는 것을 느끼고 눈치를 슬슬 보았다.

엄마는 아들의 반응에 당황한 듯 잠깐 말을 끊었다가 물었다.

- …… 왜 그렇게 짜증을 내? 난 그냥 궁금해서 물어본 건데…….

"그만 좀 물어봐! 망했다는 것만 알라고!"

격앙된 목소리가 버스 안에 울리자 몇몇 승객이 준표를 힐끗 쳐다보았다.

- 알았어, 알았어. 집에 와서 얘기하자.

준표는 전화를 끊고 나서도 한동안 숨을 고르며 창밖을 바라봤다.

세인이가 조용히 타일렀다.

"엄마한테 너무 짜증 낸 거 아니야? 방송 나온다고 좋아서 물어보신 것 같은데."

그건 사실이었다. 준표는 잠깐 말없이 창밖을 바라봤다. 방금 전 엄마에게 한 짜증 섞인 말들이 떠오르면서 마음이 불편해졌다.

정식이도 옆에서 고개를 끄덕이며 거들었다.

"세인이 말이 맞아. 엄마 없는 난 누가 그런 질문이라도 해 주었으면 좋겠어. 할머니는 이런 거 잘 모르시거든. 너희처럼 나에게도 엄마가 있다면……."

정식이는 어깨를 으쓱하며 덧붙였다.

"휘유! 내가 말을 말아야지."

준표는 깊은 한숨을 내쉬었다. 할머니와 사는 정식이 말을 들으니 자신의 짜증이 크게 잘못됐다는 걸 깨달았기 때문이다. 엄마는 그저 아들이 어떻게 해냈는지 궁금해하고 걱정해 준 것뿐인데, 자신은 그걸 귀찮게만 여겼던 것이다. 잠깐 망설였지만, 엄마 없는 정식이를 생각하고 결국 문자를 보냈다.

> 엄마, 짜증 내서 미안해
> 방송 잘 끝났어

> **집에 가서 이야기할게**

문자를 보내고 나니 마음이 조금 가벼워졌다.

세인이와 정식이도 준표 얼굴이 풀린 걸 보더니 미소를 지었다.

"자, 이제 그런 거 다 잊고 뭐 먹을지나 생각하자. 난 벌써부터 떡볶이가 먹고 싶어."

세인이가 바로 맞장구를 쳤다.

"떡볶이랑 튀김, 순대까지 완벽하게! 아, 배고파."

"내리자마자 분식집 가자. 오늘은 실컷 먹자!"

세 아이는 방송 출연한다고 각자 집에서 받아 온 용돈이 아직 주머니에 있는 걸 생각하곤 먹을 생각에 신이 나서 다시 재잘대기 시작했다.

버스가 녹산시 외곽을 지나 시내로 들어가는 중에 세인이가 창밖을 가리켰다.

"저기 새로 지은 건물이 있네. 저게 뭐지?"

정식이가 눈을 가늘게 뜨며 건물을 바라보았다.

"공사한 지 얼마 안 된 것 같은데……. 상가 같은 건가?"

준표는 고개를 갸우뚱했다.

"근데 상가라면 간판도 달려 있고 불도 켜져 있을 텐데 너무 조용해 보이잖아."

"혹시 학교 아닐까? 아니면 병원? 뭐가 저렇게 크고 조용할 수 있지?"

정식이가 고개를 끄덕였다.

"그러게, 뭔가 특이해. 요즘 녹산시에 새로운 시설들이 많이 생겼다고 하던데, 저기도 그런 것 중 하나인가?"

"미국과 한국이 협력해서 비밀 정보 요원들 훈련시키는 곳 아닐까? 갑자기 저렇게 큰 게 생긴 거 보면 뭔가 수상하긴 해."

세인이가 엉뚱한 상상을 하자 앞자리에 앉은 아저씨가 퉁명스럽게 일러 주었다.

"보육원이다. 대산시에서 옮겨 왔어."

보육원이라는 말에 세 아이 모두 입을 다물었다.

전학생

일주일 뒤 수업 시간 전, 교실은 언제나처럼 시끌벅적했다. 세인이와 정식이는 가볍게 실없는 장난을 쳤고, 준표는 책상에 엎드려 졸았다.

그때 교실 문이 열리며 담임선생님이 들어왔다.

"얘들아, 오늘 새로운 친구가 전학 왔다. 다들 조용히 하고, 쪼로니 앉아."

'쪼로니'는 작은 물건들이 가지런히 줄지어 있는 걸 말하는 부사어로 담임선생님의 말버릇 가운데 하나였다. 아이들이 책상과 의자를 가지런히 하며 웅성웅성 궁금해하는 사이, 한 아이가 천천히 교실로 들어왔다. 짧은 머리에 다소 수줍은 표정의 남학생이었다.

선생님은 미소를 지으며 소개했다.

"이 친구는 김성운이라고 한다. 대산중에서 전학 왔다. 다들 잘 챙겨 주도록 해."

성운이는 잠깐 머뭇거리다 입을 열었다.

"안녕하세요. 김성운입니다."

"자기소개도 해라."

담임선생님 말에 아이는 잠깐 교실을 둘러보며 눈빛을 나눈 뒤, 말을 이어 갔다.

"저는 세 살 때부터 보육원에서 자랐습니다. 세상 사람들은 제가 사는 곳을 보육원이라고 부르고 고아라고 하면 종종 안타까운 눈빛을 합니다. 하지만 저는 이렇게 생각합니다. '자신의 운명은 스스로 개척하는 것'이라는 명언처럼, 제가 있는 곳이 저의 미래를 결정짓지 않는다고요. 마찬가지로 부모님이 계시고 안 계시고도 제 삶의 100퍼센트 변수는 아니라고 생각합니다."

아이들 사이에서 작은 속삭임이 들렸지만, 성운이는 흔들림 없이 말을 이어 갔다.

"저는 뇌과학 책 읽는 것을 좋아합니다. 독서를 통해 더 넓은 세상을 배우고, 그 안에서 스스로를 발전시킬 수 있다고 믿습니다. 그래서 제가 좋아하는 명언이 있습니다. '책을 읽는 자는 수천 가지 인생을 살지만, 책을 읽지 않는 자는 하나의 인생만을 산다'는."

이쯤 되자 아이들은 숨을 쉴 수 없는 지경에 이르렀다.

"어머, 어머!"

"멋있잖아?"

여학생들은 황홀한 표정이었다. 성운이 목소리는 급하지 않고 느릿했고, 말하는 내용은 매우 진지했다. 아이들은 성운이 눈빛에서 나이에 어울리지 않는 깊이를 느꼈다.

"저는 책을 통해 배운 것들을 실천할 것이며, 여러분과도 좋은 친구가 되고 싶습니다. 그래서 우리가 다 함께 성장할 수 있길 바랍니다. 제가 부족한 부분이 있더라도 너그러이 대해 주실 것을 부탁드립니다."

마지막 말이 끝나자, 교실은 침묵에 휩싸였다. 아이들은 성운이 말솜씨와 당당한 태도에 놀라 어리둥절해졌다. 정식이와 세인이, 그리고 준표도 눈을 크게 뜨고 성운이를 바라보았다.

세인이가 흥분을 가라앉히지 못하고 자기도 모르게 소리 지르며 박수를 쳤다.

"와! 대박!"

그 서슬에 박수 소리가 울려 퍼졌다. 심성운이 교실의 지배자가 된 순간이었다.

세인이가 손을 들었다.

"질문이 있어요. 뭘 좋아해요?"

"아까도 말했지만 뇌과학에 관심이 많아요. 언어 처리에서 중요한 역할을 하는 여러 영역이 두뇌에 있는데 대표적으로 브로카 영역과 베르니케 영역을 들 수 있어요. 주로 문법적 구성을 담당하는 브로카 영역은 말하기와 쓰기 능력에 관여하고요. 언어의 이해와 관련이 깊은 베르니케 영역은 손상될 경우 말을 유창하게 할 수는 있지만 의미를 알 수 없습니다. 그리고 좌뇌는 언어와 관련된 기능을 주로 담당하고, 우뇌는 맥락적 해석이나 비유적 표현의 이해에 중요한 역할을 합니다. 한편 두뇌는 신경 가소성을 통해 손상된 언어 영역을 보완할 수 있고, 이는 재활 과정에서 중요한 요소가 됩니다."

줄줄이 쏟아져 나오는 말을 듣던 담임선생님과 아이들은 모두 어안이 벙벙했다. 성운이는 그럴 줄 알았다는 듯 미소를 지으며 입을 다물었다. 아이들은 마치 구국의 결단을 호소하는 만민 공동회의 안창호 선생님 연설이라도 듣는 것처럼 멍한 표정이었다. 조금 뒤 아이들 사이에서 탄성이 흘러나왔다. 차분한 태도와 초롱초롱한 눈빛 때문에 성운이가 보호 대상 아동이라는 사실은 어느새 잊혀졌다.

퍼뜩 정신이 든 담임선생님이 성운이에게 말했다.

"대단한 친구네. 성운아, 저기 세인이 옆자리에 앉으렴."

세인이의 얼굴에 환한 미소가 번졌다. 세인이는 성운이는 쳐다보지 않고 책상 위를 정리하는 척했다.

세인이를 보던 정식이와 준표는 서로를 쳐다보며 어이없다는 표정을 지었다.

정식이가 낮은 목소리로 중얼거렸다.

"저렇게 좋아하는 건 처음 보네."

준표는 팔짱을 끼며 고개를 저었다.

"그러게 말이야. 저건 아이돌 뮤직비디오 볼 때만 나오는 모습인데."

성운이가 옆자리에 앉자, 세인이는 반짝이는 눈으로 슬쩍 쳐다보며 먼저 입을 열었다.

"잘 부탁해, 성운아. 나는 우리 학교 얼짱 세인이라고 해."

성운이는 가볍게 미소 지으며 고개를 끄덕였다.

"응, 나도 잘 부탁해."

둘이 말 주고받는 모습에서 성운이가 작정하고 자기소개 했다는 걸 알 수 있었다. 준표는 성운이가 보육원에서 신디 는 사실이 머릿속에서 떠나지 않았다. 살짝 남의 일 같지 않았기 때문이다. 멍하니 창밖을 바라보니 문득 몇 달 전 부모님이 잠깐 헤어져 살았던 때가 떠올랐다. 그때 엄마가 집을 떠나 있던 동안, 준표는 집이 어딘가 텅 빈 것처럼 느껴졌다. 엄마와 인천의 고시원에서 둘만 지내보기도 했지만, 그때도 채워지지 않는 게 있었다. 아빠.

'그런데 성운이는 부모님이 아예 없는 거잖아. 그건 도대체 어떤 느낌일까?'

준표는 자신이 느꼈던 잠깐의 외로움이 성운이에게는 날마다 반복될 거라는 생각이 들었다. 부모가 아예 없다는 건 준표로서는 상상조차 하기 어려웠다. 가슴이 먹먹했다.

'나 같으면 참 힘들었을 텐데…… 성운이는 어떻게 버텼을까?'

준표는 성운이에게 조금 더 관심이 생겼다. 그리고 자신도 모르게 성운이 처지에 공감하는 마음이 커졌다. 나중에 세인이가 물어 온 정보에 따르면 성운이는 국어를 가장 좋아한다고 했다.

그 말을 들은 정식이가 눈을 크게 떴다.

"뭐? 국어를 가장 좋아한다고? 세상에 그런 사람이 있다고? 국어는 수학처럼 똑 떨어지는 답이 안 나오는데?"

세인이가 장난스럽게 웃으며 결론을 냈다.

"정식이는 수학 천재, 성운이는 국어 천재! 우리 반에 천재가 둘이네."

"천재는 수학 같은, 검증 가능한 과목에나 붙이는 말이야. 국어 천재가 말이 돼?"

세인이와 준표가 웃음을 터뜨렸다.

며칠 지나지 않아 세인이 덕에 성운이는 준표, 정식이와 친해졌다.

성운이는 수줍게 고백했다.

"사실 나, 수학은 잘 못해. 방정식 같은 건 특히 더 어려워."

정식이가 환하게 웃었다.

"하하하! 수학을 못한다고? 걱정 마, 내가 도와줄게! 방정식은 내 전문이니까."

준표도 끼어들었다.

"오죽하면 이름까지 방정식이겠냐? 히히."

"정말? 그럼 도움 좀 받을게. 국어를 비롯한 다른 과목들은 자신 있거든. 수학만 조금 더 잘하면 좋겠는데 방법을 못 찾겠네."

세인이가 장난스럽게 눈을 반짝였다.

"그럼 성운아, 너도 우리 좀 도와줘. 우리 얼마 전에 방송에 나갔는데, 말을 제대로 못 해서 완전 창피당했어. 아나운서가 물어보는데 대답도 못 하고……. 너처럼 말 잘하는 사람이 필요해!"

준표도 고개를 끄덕이며 맞장구쳤다.

"맞아, 우리 셋 다 망했거든. 성운이, 너처럼 말 잘했으면 그런 일 없었을 텐데……. 그런데 너 말하는 거 보고 깜짝 놀랐어. 너의 반의반만 잘했어도 우리가 방송에서 창피 당하지 않았을 텐데."

성운이는 웃으며 고개를 끄덕였다.

"두뇌의 언어 기능을 공부하고 있어. 인간이 어떻게 언어를 처음 사용하게 되었는지는 아직 확실하지 않아. 언어가 진화 과정에서 생존과 사회적 유대를 위해 생겼다고 과학자들이 추정하지만 정확하지 않아. 미스터리한 영역이지. 하지만 연습을 통해 발달하는 건 사실이야. 그러니까 내가 말 잘하는 법 도와줄게. 중요한 건 천천히 생각하고, 너무 긴장하지 않는 거야. 연습하면 금방 나아질 거야."

세 아이는 성운이와 함께 즐겁게 이야기를 나누며 더욱 가까워졌고, 앞으로의 시간을 기대하게 되었다.

햄버거 잔치

다음 날 오후, 학교가 들썩였다. 전교생 300여 명에게 햄버거 세트가 배달된 것이다. 배달원들이 교실마다 다니며 나누어 주자, 아이들은 모두 어리둥절해하면서도 기뻐했다.

아이들 사이에서 웅성거림이 터져 나왔다.

"무슨 일이야? 갑자기 햄버거라니!"

"누가 이런 좋은 일을 한 거지?"

그때 소문을 먼저 들은 아이들이 흥분된 목소리로 말했다.

"세인이랑 준표, 정식이가 한 거래!"

"금동 불상 찾은 포상금으로 한턱 쏜 거라더라!"

소문은 금세 퍼졌고, 다른 학년 다른 반 아이들은 준표네 교실로 모여들어 고마움을 표했다.

"야, 너희 덕분에 진짜 맛있게 먹었어!"

"고마워. 진짜 멋진 일 했네!"

세 아이는 부끄러워하면서도 뿌듯한 표정으로 환하게 웃었다.

어안이 벙벙한 표정으로 지켜보던 성운이가 감탄하며 물었다.

"너희, 진짜 포상금으로 햄버거 쏜 거야? 대단하다."

"응, 얼마 전에 금동 불상을 찾아서 포상금 받았거든. 우리끼리만 나눠 먹을 순 없잖아? 그래서 전교생한테 한턱 쏘기로 한 거야."

성운이는 고개를 끄덕였다.

"와, 진짜 멋지다. 너희 정말 좋은 아이들이구나."

"이 정도는 해야지. 4억이나 받았으니까."

성운이 눈이 동그래졌다.

"4, 4억? 그게 사실이야?"

금동 불상을 찾고 세 아이는 포상금으로 4억 원을 받아, 세금을 제한 뒤 1억 원은 장애인 단체에 기부하고, 남은 돈은 셋이 공평하게 나누었다.

실명을 듣자 성운이는 더욱 놀란 표정으로 세 아이를

바라봤다.

"기부까지 했다고? 정말 대단한데? 너희, 진짜 멋있다."

세인이가 조금 수줍은 듯 웃으며 말했다.

"우리가 받은 게 너무 큰 것 같아서 좋은 일에 쓰는 게 맞겠다고 생각했어."

성운이는 잠깐 말을 잇지 못하다가 고개를 끄덕이며 눈을 반짝였다.

"너희, 정말 존경스러워. 포상금도 포상금이지만, 그걸 나눠 주고 기부까지 하다니……. 나 같으면 그렇게 못 했을 거야."

진심 어린 말에 세 아이는 약간 부끄러운 듯 얼굴을 붉혔다.

"뭐, 우리도 이런 기회는 살면서 다시 오지 않을 거라는 생각에 한번 크게 베풀어 보고 싶었어."

준표의 설명에 정식이도 덧붙였다.

"맞아. 기부한 것도 그렇고, 오늘 햄버거 쏜 것도 우리가 좋아서 한 거야."

성운이는 웃으며 고개를 끄덕였다. 이런 아이들이 있는 녹산중이 좋아질 것만 같았다.

그날 저녁을 먹고, 준표는 아빠 엄마와 함께 거실에 앉아 텔레비전을 켰다. 드디어 녹화한 프로그램이 방영되는 날이었다.

"준표야, 드디어 네가 방송 나오는구나!"

학원 수업을 다른 강사에게 맡기고 방송 보려고 맘먹고 일찍 온 아빠가 웃으며 리모컨을 들었다. 엄마도 기대 가득한 눈빛으로 텔레비전 화면을 바라보고 있었다. 온 가족에게 준표의 방송 출연은 빅 이벤트였다.

엄마가 환하게 웃으며 말했다.

"어머, 이제 시작한다!"

화면 속 아나운서가 세 아이를 소개하고, 준표와 정식이, 세인이가 나란히 앉아 있는 장면이 나오자 준표는 속으로 한숨부터 내쉬었다. 마음 같아선 자리를 피하고 싶었지만, 자신이 화면에 어떻게 나오나 궁금하기도 했다. 아나운서가 세 아이에게 환한 미소를 지으며 질문을 던졌다.

그 뒤의 장면은 끔찍했다. 세 아이 모두 꿔다 놓은 보릿자루같이 멀뚱멀뚱 서로의 눈치만 살피고 있었기 때문이다. 질문에 대답을 해도 온통 단답형이었다. 준표는 쥐구멍이라도 있으면 들어가고 싶은 심정이었다.

방송을 보던 엄마가 옆에서 고개를 저었다.

"아이고, 답답해라! 좋았다고만 할 게 아니라 무슨 일이 있었는지 자세하게 말해야지! 아나운서가 저렇게 열심히 내용을 끌어내려고 하는데, 왜 대답을 못 한 거야?"

준표는 속으로 제발 그만하라고 외쳤지만, 어쩔 수 없이 얼굴이 빨개지며 화면을 계속 응시했다.

"저기서 상황을 구체적으로 설명해야지! 산에서 찾았다고만 하지 말고, 어떻게 찾았는지, 누구랑 있었는지, 무슨 생각이 들었는지 말해야지! 그래야 시청자가 재미있어하지. 어휴, 인터뷰 요령 좀 가르쳐서 보낼걸."

엄마가 준표에게 인터뷰란 무엇인지 구구절절 늘어놓기 시작했다.

"인터뷰할 때는 말이야, 질문에 대한 대답을 그냥 한 문장으로 끝내면 안 돼. 질문을 이해한 다음, 자세한 답을 해야 해. 예를 들어, '그때 어떤 기분이었나요?'라고 물으면, '처음에는 당황했지만, 점점 기쁘고 뿌듯해졌어요. 그 순간을 잊을 수 없어요.' 같은 식으로 구체적으로 대답해야 해."

아빠는 옆에서 준표의 어깨를 두드리며 웃었다.

"하하. 우리 준표, 방송에 나오는 모습 멋지네. 뭐, 머리털 나고 처음 나온 방송인데 이 정도면 잘한 거지!"

아빠의 격려에도 준표는 부끄러워서 더 이상 화면을 쳐다볼 수가 없었다.

"그리고 말을 할 때나 글을 쓸 때, 듣는 사람이나 독자의 관심을 끌 수 있게 이야기를 구체적으로 길게 풀어 나가는 게 중요해. 다음에는 미리 연습해서 제대로 대답해. 긴장하지 않고, 천천히 생각하고 말하면 돼. 이번에 쓴 경험했으니까 다음에는 더 잘할 거야. 으이그, 엄마가 국문과 나온 사람인데 아들이 국어를 이렇게 못하니……."

방에 돌아온 준표는 정식이와 세인이만 들어와 있는 톡방에서 설움을 토해 냈다.

> **세인** 다들 방송 봤어?
> 난 엄마한테 완전 혼남 ㅠㅠ

> **정식** 나도 봤지…… 할머니 좋아하기만 하심

> **준표** 하, 나도 진짜
> 엄마한테 말 못한다고 잔소리 들었음

> **세인** 내 친구들도 왜 그랬냐고 난리 ㅠㅠ
> 아나운서가 불쌍하다는 말에는 할 말이 없더라

> **정식** 수학 천재가 국어는 바보네
> 수학이 백배 쉽지, 국어는 진짜 어려움

준표 국어는 수학처럼 공식이 없음
국어 공부 어케 함?

세인 카메라 돌아가니까 머릿속이 백지
암 생각도 안 나서 입이 움직이질 않았음

정식 말을 너무 짧게 했어
산에서 찾았다고만 한 게 아직도 후덜덜

준표 ㅋㅋㅋ
셋 다 똑같이 후회 중

세인 말 잘하는 성운이가 부러움
배워야겠음

정식 성운이 국어 천재
완전 외계인

준표 인정

세인 우리도 성운이처럼 될 수 있을까? ㅋㅋㅋ

정식 글쎄…… 도움 받으면 좀 나아질지도?

친구들과 수다를 떠니 조금 괜찮아진 준표는 유튜브에서 '말 잘하는 법', '강연 잘하는 비법' 같은 동영상을 검색해서 하나를 골라 재생했다. 화면 속 강연자는 유창한 말솜씨로 청중을 매료시키고 있었다.

"죽었다 깨어나도 저 정도는 못 해."

준표는 동영상을 보며 감탄했지만, 동시에 속이 답답해졌다.

'나도 저 사람처럼 말 잘하고 싶다…….'

강연자는 자신감 넘치는 목소리로 말했다.

- 연설의 핵심은 첫인상입니다. 청중의 관심을 끌 수 있는 한마디로 시작해야 합니다. 절대 당황하거나 긴장할 필요 없습니다.

준표는 고개를 끄덕이며 종이에 적기 시작했다. 첫인상, 한마디……. 그런데 곧 다음 설명이 이어지자 뭔가 복잡해졌다.

- 비유법을 적절히 사용하고, 논리적 구조로 말을 전개해야

합니다.

준표는 머리를 긁적였다.
'비유법? 논리적 구조?'
내용이 점점 더 어려워졌다.

- 기승전결로 이야기를 풀어 나가는 게 좋습니다.
- 문장은 짧게, 그리고 분명한 발음으로 말해야 합니다.
- 대본을 통째로 외운 뒤 자연스럽게 말이 되도록 연습해야 합니다.
- 글쓰기 연습을 해서 대본도 직접 써야 합니다.
- 책을 많이 읽어야 교양이 쌓이고, 그 교양이 말로 나옵니다.
- 결국 국어를 잘해야 한다는 이야기입니다.

설명이 점점 빠르고 복잡해지면서 준표는 결국 집중력을 잃고 말았다. 또 다른 영상을 재생해 봤지만, 비슷한 결과였다. 화면 속 사람들은 다들 말이 술술 나오는 것처럼 보였는데, 자신은 왜 그리 그게 어려운지 알 수가 없었다.
'아, 나는 국어에 소질이 없나 봐.'
아무리 따라 하려고 해도 자신감이 붙지 않았다. 차라리 수학 문제 푸는 게 더 쉬울 것 같다는 생각까지 들었다.

뒷산에서

중간고사 기간이 다가오면서 학교는 점점 긴장감으로 가득 찼다. 아이들은 모두 교과서나 문제집을 펴 놓고 공부에 열중했고, 세 아이도 마찬가지였다. 준표, 정식이, 세인이는 성운이에게 국어 공부 도움을 받았다.

"성운아, 이건 어떻게 해석하는 거야?"

세인이가 국어 문제집의 한 구절을 가리키며 물었다.

이슬은 아침에 내려앉아 사람들에게 따뜻한 감사를 전합니다 호수의 맑은 물은 우리 마음속 깊은 평화와 함께 우리의 감정을 있는 그대로 비춰 줍니다. 나뭇가지들은 마치 인간의 꿈처럼 하늘을 향해 뻗어 나갑니다. 나비의 펄럭이는 날갯짓은 우리 마음이 흔들리는 듯 부드럽게 흔들리고 있습니다. 노을의 붉은빛은 연인 앞에서 타오르는 우리의 마음을 비춰 줍니다.

성운이는 교과서를 잠깐 들여다보더니 차분하게 설명하기 시작했다.

"이 부분은 직유적인 표현으로, 작가는 자연의 아름다움을 인간의 감정과 연결시키고 있어. 이럴 땐 글쓴이의 감정을 잘 파악해야 해."

정식이가 고개를 끄덕이며 물었다.

"직유가 뭐야?"

"직유는 어떤 것을 다른 것에 빗대어 표현하는 방법이야. 예를 들어, '그의 웃음은 햇살 같다.'라는 문장은 웃음을 햇살에 빗대어 밝고 따뜻한 느낌을 주고 있어. 두 가지 대상을 직접 비교하는데 '같다'나 '처럼' 같은 말을 써. 직유법이야. 직접 비유하는 기법이라는 거지. 비유의 대상이 무엇인지 생각하게 하면서 표현을 더 생동감 있게 만들어 줘. 이러한 기법을 쓰면 글을 읽는 사람에게 더 깊은 인상을 남길 수 있어."

정식이는 존경하는 눈빛으로 성운이를 바라봤다.

"막힘없이 술술 나오네. 너는 어떻게 국어를 잘하게 된 거야?"

성운이는 미소를 지으며 대답했다.

"학원을 다니지 않으니까 책 읽을 시간이 많았거든. 책을 많이 읽으면서 자연스럽게 국어 실력이 늘었어. 이미도 선생님이라는 분이 열정적이셨어. 그리고 보육원에서 의견을 발표하는 시간을 자주 가져서, 내가 생각하는 걸 말로 표현하는 연습도 많이 했어."

준표가 감탄하며 고개를 끄덕였다.

"그래서 네가 그렇게 말을 잘하는구나. 우리는 방송에서 망쳤지만, 너는 그런 상황이 닥쳤어도 말 잘할 수 있는 거였네."

성운이는 쑥스러운 듯 웃었다.

"아니야, 나도 처음엔 어려웠어. 그냥 남들보다 많이 하니까 연습이 많이 됐을 뿐이야. 뇌의 언어 처리 과정에도 미스터리가 많아. 전에 말한 브로카 영역과 베르니케 영역이 언어를 처리하는 주요 부분으로 알려져 있는데, 실제로 언어를 이해하고 생성하는 과정에서 뇌의 여러 영역이 어떻게 상호 작용 하는지는 완전히 밝혀지지 않았어. 추상적인 개념을 언어로 표현하는 과정은 복잡한 신경망을 통해 이루어지는데 이 과정이 어떻게 이루어지는지 아직 규명되지 않았거든. 말하기는 두뇌의 좌반구에 있는 브로카 영역에서 시작돼. 그래서 전운동피질, 운동피질을 통해 입, 혀, 그리고 소리 내는 기관인 성대를 움직이는 거야. 신경 전달 과정은 빠른 시간 안에 여러 신경 회로를 연결하여 발음의 정확성을 유지하거나, 시각 정보와 청각 정보를 결합해 상황에 맞는 표현을 즉시 만들어 내. 감정과 연결된 변연계도 관여하여 말의 어조와 강세를 조절하지. 거기에 사고와 언어의 조화가 이루어지면서 복잡한 문장을 만들 수 있게 돼. 이건 언어적 맥락을 결정하는 전전두엽이 판단해. 그리고 실시간 피드백 메커니즘을 통해 소리 내어 말하는 '발화發話'의 오류를 수정하지. 이건 반복적 훈련을 통해 정교해져. 이런 것들 모두 우연히 뇌과학 책 보고 알게 된 거야. 나중에 내 꿈과 연결되니까. 뇌과학자나 강사 같은 직업을 갖고 싶게 되었어."

정식이가 국어 교과서를 덮으며 말했다.

"어려운 말 그만하고 이제 수학 하자. 내가 네 수학 실력 끌어올려 줄게."

정식이는 수학 문제집을 꺼내 성운이에게 몇 가지 쉬운 문제를 냈다. 성운이는 고개를 갸우뚱하며 문제를 풀어 보려 했지만, 금세 뒤통수만 벅벅 긁었다.

성운이가 고민하는 표정을 짓자 정식이가 빙글거리며 나섰다.

"걱정 마. 기초가 부족해서 그런 거야. 내가 알려 줄게. 이건 공식을 외우는 게 중요한데, 공식만 알면 금방 풀 수 있어."

문제 푸는 법을 자세히 설명하던 정식이는 내친김에 공식의 원리까지 설명했다.

그때 복도에서 웅성거리는 소리가 들리고, 교실 곳곳에서도 속삭이는 소리가 들렸다.

교실로 막 들어온 아이가 다급하게 전했다.

"보육원 애 하나가 3학년 우석이한테 맞았대."

"뭐라고?"

성운이가 번개처럼 교실 밖으로 뛰쳐나갔다.

"보육원 아이들이 가만있지 않겠네!"

그 말을 듣고 준표도 교실 밖으로 나갔다.

준표는 아이들이 몰려 있는 곳으로 가다가 성운이를 발견했다. 녀석은 힘 빠진 얼굴로 어느새 교실로 돌아오고 있었다. 얼굴은 굳어 있었다.

준표는 조심스럽게 다가가 물었다.

"어떻게 됐어? 지금도 싸우는 중이야?"

성운이는 잠깐 준표를 쳐다보다가 깊은 한숨을 내쉬며 대답했다.

"보육원 동생이 아무 이유도 없이 맞았나 봐."

준표는 성운이의 굳은 얼굴을 보고 걱정스러워졌다.

"그래서 지금은?"

성운이는 잠깐 생각하더니, 조용히 뇌까렸다.

"지금 어떻게 되었는지 몰라. 학생부 샘이 불러다 주의를 주셨는데, 다들 흥분한 상태더라고."

그러나 성운이의 눈빛은 여전히 무거웠다. 마음속 깊은 불안감이 드러난 듯했다.

준표는 일이 더 심각해지기 전에 뭔가 도울 방법이 있었으면 좋겠다고 생각했다.

종례를 마치고 집으로 돌아갈 무렵, 결국 사건이 터졌다.

복도에서 누군가 소리쳤다.

"야, 뒷산에서 싸움 났대!"

아까 있었던 다툼이 이어진 것 같았다.

세인이가 놀란 표정으로 물었다.

"뭐? 무슨 싸움?"

다른 아이가 대답했다.

성운이 얼굴이 갑자기 굳어졌다.

"우리 보육원 형석이가 요즘 많이 예민했는데, 결국 우석이랑 싸우나 보네."

세인이는 성운이 말을 듣자마자 외쳤다.

"빨리 뒷산으로 가 보자!"

준표는 고개를 끄덕이고 함께 달리기 시작했다.

뒷산은 평소에 동네 사람들의 휴식처로 사용되는 작은 공간이었다. 산책로와 운동 기구들이 곳곳에 설치되어 있어 할머니, 할아버지들이 자주 와서 운동하거나 이야기 나누는 곳이었지만, 낮에는 사람이 별로 없었다. 사람들이 오전이나 저녁에만 오기 때문이었다.

산 중턱에 가까워질수록 긴장된 분위기가 느껴졌다. 멀리서 이미 우석이와 형석이가 서로 씩씩거리고 서 있는 모습이 보였다. 둘은 주먹을 꽉 쥔 채 서로 노려보고 있었다. 이미 몇몇 아이가 모여 있었고, 그들 사이에서 우석이와 형석이가 서로를 잡아먹을 것 같은 형상이었다.

"형석아!"

성운이가 소리치며 앞으로 나섰다. 형석이는 성운이를 보고 잠깐 멈칫했지만, 여전히 싸울 태세를 늦추지 않았다.

우석이가 비웃으며 물었다.

"너는 또 왜 왔냐?"

성운이는 단호하게 대답했다.

"그만해. 이건 싸운다고 해결될 문제가 아니야."

형석이는 여전히 주먹을 쥔 채 성운이를 바라봤다.

"넌 몰라. 난 더 이상 참을 수 없어. 전학 온 뒤로 얘한테 민식이가 당한 게 얼마나 많은데!"

그 와중에 준표는 형석이, 우석이 둘 다 '석' 자로 끝나는 이름을 가진 게 공교로워 웃음이 났다.

세인이가 우석이에게 다가갔다.

"싸움으로 해결되는 일은 없어. 문제를 해결할 방법을 같이 찾아보자."

우석이가 코웃음을 쳤다.

"다 필요 없어. 이 자식들 맛 좀 봐야 해."

형석이는 잠깐 흔들리는 듯 보였지만, 아직 결정을 내리지 못한 표정이었다. 형석이는 보육원에서 일진이었다. 우석이 역시 학교에서 일진으로 유명한 아이로, 주위에 따르는 아이들이 많았다. 그 아이들은 멀찍이 떨어져서 상황을 지켜보며 싸움이 벌어지길 기다리는 듯 보였다. 어찌 보면 터질 게 터진 형국이었다.

그때였다.

"어이, 학생들!"

어디선가 거역할 수 없는 저음의 목소리가 울려 퍼졌다. 한쪽 벤치에서 책을 읽던 아저씨가 천천히 일어나 다가왔다. 섬약하게 생겼지만, 눈빛에서는 깊은 지성이 느껴지는 사람이었다. 아저씨가 한 걸음 한 걸음 다가올 때마다 분위기가 점점 차분해지는 듯했다. 우석이와 그의 패거리도 아저씨 등장에 당황스러워하는 것 같았다.

아저씨가 낮고 차분한 목소리로 말했다.

"무슨 짓이야?"

위엄 있는 말투였다. 우석이는 순간 당황했지만, 여전히 화가 난 목소리로 대답했다.

"가던 길 가세요. 이건 우리 문제니까."

아저씨는 미소를 지으며 고개를 저었다.

"뭐, 영화라도 찍냐?"

아저씨의 눈빛은 강렬했지만, 말투는 여전히 차분했다.

박청강 작가

우석이는 다시 주먹을 쥐며 대들었다.
"아이 씨, 아저씨는 빠지시라니까요?"
아저씨는 한 걸음 더 다가가며 조용히 말했다.
"거친 말과 행동을 보니 너, 일진인 모양이구나."
아저씨의 말은 논리적이면서도 강력했다. 주변에 있던 우석이 패거리들도 차츰 말이 없어지고 귀 기울여 듣기 시작했다. 우석이는 여전히 갈등하는 표정으로 아저씨를 바라보았다.
"사춘기 때는 이 세상에 힘이 전부인 것 같지. 진정한 힘은 분노를 다스리고, 평화롭게 문제를 해결하는 데서 나오는 법이야. 그게 더 어려운 길이지만, 훨씬 더 가치 있는 길이지."

아저씨는 잠깐 두 아이를 번갈아 보다 고개를 끄덕였다.

"좋다. 그럼 왜 싸우려는 건지 말해 봐. 이유가 있을 테니, 한번 들어나 보자고."

우석이가 먼저 입을 열었다.

"저 고아 새끼들은 문제가 많아요. 자기들은 보육원 아이들이라 무서울 게 없다잖아요. 그렇다면 밟아 줘야죠."

형석이가 소리쳤다.

"네가 먼저 시비 걸었잖아! 늘 보육원 아이들이라고 우리 무시하고 괴롭힌 게 너였잖아! 더는 참을 수 없어."

차분히 두 아이 말을 듣던 아저씨가 고개를 끄덕였다.

"한 녀석은 또 다른 녀석이 먼저 도발했다고 주장하고, 또 다른 녀석은 그동안 참아 왔던 분노가 폭발했다고 주장하는 거구나. 둘 다 충분히 화날 만한 이유일 수 있지. 하지만 내가 묻고 싶은 건, 싸움으로 그런 문제가 해결된다고 생각하냐는 거다. 이번 싸움으로 이 문제가 없어지는 거냐고."

우석이는 조금 당황한 듯 보였다.

"아니, 그게……. 먼저 시비를 거는데 어떻게 참아요?"

아저씨는 조용히 고개를 저었다.

"그래. 하지만 시비를 걸어올 때마다 주먹이 나가는 게 맞는 걸까? 상대가 틀렸다고 해서 똑같이 폭력으로 맞서는 게 옳은 방법일까? 그럼 오늘 싸우고 나면 다시는 이 문제 안 생기나?"

형석이도 당황한 듯 중얼거렸다.

"하지만 우리를 무시하고 괴롭히는 걸 어떻게 계속 참아요?"

아저씨는 미소를 지으며 말했다.

"무시와 괴롭힘은 분명 잘못된 행동이지. 하지만 그걸 해결하는 방법은 싸움만 있는 게 아니야. 오히려 싸움은 문제를 더 복잡하게 만들 뿐이야. 학교나 선생님, 혹은 어른들에게 도움을 청해서 더 나은 방법으로 해결할 수 있었을 텐데, 왜 굳이 주먹을 선택했을까?"

"……"

아저씨는 조용히 말을 이어 갔다.

"싸움은 단순히 힘을 겨루는 게 아니라, 서로를 더 깊이 상처 입히는 일이야. 상처는 오래 남는다고. 소통이 없으면 고통이 따르는 법이다."

지켜보던 아이들은 아저씨의 말에 혀를 내둘렀다.

"와, 저 아저씨 진짜 논리적이네. 라임까지."

"말하는 거 보니까 싸움보다 훨씬 멋있다."

우석이와 형석이는 점점 머쓱한 표정이 되어 갔다. 아저씨 말에 더 이상 할 말을 찾지 못한 두 아이는 결국 싸움을 그만두고 이 난감한 장소에서 한시 바삐 빠져나가기만 바라는 듯했다.

두 아이를 보면서 잠깐 입을 닫았던 아저씨는 단호한 목소리로 매듭을 지었다.

"학교에 이 일을 알리기 전에 모두 여기서 돌아가라. 더 큰 문제가 생기기 전에 멈추는 게 너희에게도 좋을 거다. 사건의 현장에서 멀어지는 게 최고의 해결책이야."

우석이, 형석이를 비롯한 아이들은 그 말을 듣고 몸이 움츠러들었다. 엄격한 아저씨 말에서 분명한 이유와 책임감이 느껴졌기 때문이다.

"학교 가서도 더 이상 싸움은 없는 거다. 알겠니?"

아저씨 목소리에는 더 이상의 반항을 허락하지 않는 권위가 있었다.

"그런데 아저씨 누구세요?"

구경꾼 가운데 한 녀석이 물었다.

그때 아저씨가 천천히 한마디를 덧붙였다.

"참고로, 나도 이 학교 다녔다."

"네?"

"이름이 뭔데요?"

"박청강……."

아이들은 귀를 의심했다. 속삭임이 주변에서 터져 나왔다. 모두의 얼굴에는 놀라움이 가득했다.

세인이가 눈을 크게 뜨며 말했다.

"설마…… 그 전설적인 소설가 박청강 선배님……?"

우석이와 형석이는 물론, 그 자리에 있던 모든 아이가 충격에 빠졌다. 박청강 작가는 단순한 작가가 아니라, 학교에서 전설처럼 전해 내려오는 이름이었다. 그의 몇몇 작품들은 문학적으로도 큰 성공을 거뒀고, 교과서에도 실려 있었다.

성운이도 믿기지 않는 듯 박청강을 바라보았다.

"정말 박청강 작가님, 이세요?"

박청강 작가는 미소를 지으며 고개를 끄덕였다.

"그래, 내가 바로 그 박청강이다. 여기, 너희가 다니는 이 학교를 20년쯤 전에 졸업한 선배다."

아이들은 더 이상 말을 잇지 못했다. 전설처럼 전해 내려온 사람이 바로 자신들 앞에 서 있다는 사실이 믿기지 않았다.

박청강 작가는 아이들을 바라보며 한숨을 내쉬었다.

"이제 다들 집으로 돌아가라."

아이들은 뿔뿔이 흩어졌다. 우석이와 형석이도 기운 없이 고개를 숙인 채 제 갈 길로 갔다. 박청강 작가는 두 아이를 물끄러미 바라보더니 고개를 끄덕이며 천천히 산길을 걸어 내려가기 시작했다.

  그때 산길 아래에서 누군가 달려왔다.

  "얘들아, 선생님이 빨리 오래."

  아래쪽에 보육원 승합차가 보였다. 아이들이 뒷산으로 몰려가자 누군가 보육원에 연락한 모양이었다. 보육원 아이들은 허둥지둥 승합차로 달려갔다. 성운이도 그 무리에 있었다.

국어의 문제

엉뚱 매력녀 세인이가 갑자기 눈을 반짝였다.

"야, 우리 사인 받아야 하는 거 아니야? 전설적인 작가님이잖아! 혹시 아냐? 저 작가님 사인 열 장 모으면 아이돌 사인 한 장이랑 바꿀 수 있을지……. 크크!"

준표도 고개를 끄덕였다.

"맞아, 이런 기회는 또 없어. 가자!"

"좋아, 가서 사인 받자!"

정식이도 두 아이에 이끌려 함께 작가를 따라가기 시작했다.

"작가님! 아니, 박청강 선배님!"

세인이가 달려가며 외쳤다. 박청강 작가는 멈춰 서서 돌아보았다. 아까와 달리 얼굴에 인자한 미소가 흘렀다.

"왜?"

"저…… 작가님 사인 좀 받을 수 있을까요? 정말 팬이에요!"

"국어를 잘하고 싶어 하는 아이들이에요. 꼭 사인 부탁드려요!"

박청강 작가는 그 말을 듣고 호탕하게 웃었다.

"하하하! 따라와라."

세 아이와 함께 산에서 내려온 박청강 작가는 제과점으로 가서 빵과 음료를 골라 건넸다.

"자, 먹으면서 이야기해 보자. 국어를 잘하고 싶다니 의외인걸."

세인이는 자신이 가장 좋아하는 빵이라는 단팥빵을 한 입 베어 물고는 친한 척을 했다.

"작가님, 국어를 잘하려면 어떻게 해야 해요? 저희가 얼마 전에 방송에서 인터뷰를 했는데…… 완전 망쳤거든요."

준표도 고개를 끄덕이며 말했다.

"맞아요. 아나운서가 물어볼 때마다 무슨 말을 해야 할지 몰라 엄청 긴장했어요. 말을 잘 못하는 제 니무 부끄러웠어요."

박청강 작가는 고개를 끄덕였다.

국어의 문제

"그랬구나. 인터뷰는 긴장이 많이 되지. 하지만 중요한 건 말을 잘하는 게 아니라, 마음속에 있는 진심을 전달하는 거야. 진심을 잘 전달하려면 먼저 생각을 잘 정리하는 법을 배워야 해. 책을 많이 읽어서 다양한 관점을 익히고, 자신만의 생각을 논리적으로 정리하는 연습을 해야 하지."

준표가 고개를 끄덕였다.

"책을 많이 읽는 게 중요하군요."

"그렇지. 책을 통해 생각하는 힘을 기르고, 대화를 통해 그 생각을 표현하는 법을 배우는 거야. 중요한 건 말하는 기술이 아니라, 마음속에 담긴 생각이야."

세인이가 감탄했다.

"맞아요. 방송에서 그걸 못한 것 같아요. 다음엔 더 잘할 수 있을까요?"

"방송?"

세 아이는 자신들의 방송 실패담을 털어놓았다.

박청강 작가는 눈을 동그랗게 떴다.

"너희가 그 유명한, 불상 찾아낸 아이들이구나."

세 아이는 어깨를 폈다.

"네."

박청강 작가는 신기한 듯 고개를 끄덕였다.

"물론이지. 꾸준히 노력하고 연습하면 누구나 더 나아

질 수 있어. 너희가 방송국에서 어려움을 겪은 이유가 뭔지 아니? 그건 바로 국어 공부가 안 돼서야. 더 엄밀히 말하자면 학교 교육이 그 원인 중 하나일 수도 있어."

준표가 고개를 갸우뚱하며 물었다.

"학교 교육이요? 그게 왜요?"

박청강 작가는 미소를 지으며 이어 갔다.

"학교 국어 교육에는 네 가지 중요한 요소가 있어. 말하기, 듣기, 쓰기, 그리고 읽기. 문제는 그중에서 읽기만 지나치게 강조된다는 거야."

세인이가 깜짝 놀라며 되물었다.

"읽기만요? 하지만 국어 시간에 독후감 쓰기나 발표도 하는데요? 뭐든지 '느낀 게 많았다.'라고만 쓰면 되는. 큭큭!"

박청강 작가는 고개를 끄덕였다.

"맞아. 하지만 그건 수박 겉핥기일 뿐, 대부분의 시간은 책을 읽고 내용을 이해하는 데 집중돼 있지. 말하는 방법이나 대화의 기술을 배우는 시간은 상대적으로 적어. 너희가 방송에서 말문이 막힌 것도 그 이유일 거다. 어려서부터 대화의 기술을 계속 익혀 왔더라면 아주 잘했을지도 몰라."

정식이가 의아한 표정으로 물었다.

"어떻게 하면 말하기를 더 잘할 수 있을까요?"

박청강 작가는 잠깐 입을 다물었다가 천천히 설명을 시작했다.

"말하기는 단순한 기술이 아니야. 그건 너희가 가진 생각을 정확하게 표현하는 능력이야. 하지만 학교에서는 '표현'보다는 '이해'에만 너무 집중하고 있어. 책을 읽고 내용을 이해하는 것만으로는 소통의 절반밖에 배우지 못하는 셈이지."

준표가 고개를 끄덕였다.

"저희가 국어를 재미없게 느낀 것도 그런 이유 때문인가 봐요. 번번이 책만 읽고 시험 보고, 제대로 말하거나 들을 기회가 없으니까요."

박청강 작가는 미소를 지었다.

"바로 그거야. 너희가 말할 때 어려움을 느끼는 이유는, 그걸 연습할 기회가 충분히 주어지지 않았기 때문이야. 말하기 능력은 실제로 연습해야만 늘어나거든. 쓰기도 마찬가지야."

준표는 고개를 끄덕였다.

"그렇다면 학교에서 말하기, 쓰기 연습도 많이 해야 한다는 말씀이시죠?"

"그렇지."

박청강 작가는 다시 한번 고개를 끄덕였다.

"대화를 통해 생각을 나누는 법, 글을 통해 감정을 전달하는 법을 배워야 해. 그런데 지금 학교 교육은 그런 부분을 놓치고 있지. 너희는 분명 생각이 있고, 그걸 전달하고자 하는 마음도 있어. 하지만 학교에서는 그 방법을 충분히 가르쳐 주지 않지."

정식이가 고민하는 듯 말했다.

"그렇다면 저희는 어떻게 해야 할까요? 국어 공부만으로는 부족할 것 같은데……."

박청강 작가는 먹던 빵을 내려놓고 차분한 목소리로 말했다.

"너희가 해야 할 일은 실전에서 연습하는 거야. 책을 읽는 것만이 아니라, 읽은 내용을 다른 사람에게 설명해 보거나, 자신의 의견을 글로 써 보는 거지. 그리고 친구들끼리 이야기를 나누면서 서로의 생각을 주고받는 훈련도 중요해."

세인이가 고개를 끄덕였다.

"말하기와 쓰기, 그리고 듣기 연습도 꼭 필요하군요. 맞아요. 저희는 그동안 서로의 생각을 이야기하고, 의견을 나누는 시간이 적었어요."

준표도 눈을 반짝였다.

"맞아요. 읽기만 하고 늘 시험 준비만 했지, 실제로 그 내용을 가지고 이야기를 나눠 본 적은 거의 없었던 것 같아요."

박청강 작가는 세 아이의 반응을 보며 미소를 지었다.

"그래서 국어가 재미없었던 거야. 글을 이해하는 것만으로는 국어의 매력을 충분히 느낄 수 없어. 글을 읽고, 그 안에 담긴 생각을 사람들과 나누는 것이 진짜 국어 공부란다. 국어는 단순한 과목이 아니야. 소통의 훈련 과목이지. 그리고 소통은 곧 관계를 맺고, 세상을 이해하는 가장 중요한 방법이야. 앞으로 책을 읽고, 생각을 나누고, 글로 표현하는 데 더 많은 노력을 기울인다면 너희는 분명 큰 변화를 느끼게 될 거야."

세 아이는 고개를 끄덕였다. 국어가 단순한 '읽기'의 과목이 아니라, '말하기', '쓰기', '듣기'를 포함한 폭넓은 소통의 도구라는 것을 깨달은 순간이었다.

"독서 클럽 하나 만들어 보지 않을래?"

갑자기 훅 들어온 박청강 작가의 제안이었다.

새로 온 국어 선생님

국어 시간이었다. 배가 남산만큼 불러 오늘내일하며 출산일을 기다리던 국어 선생님이 오늘 학교에 출근하지 않았다.

"얘들아, 국어 자습이래. 국어 샘 오늘부터 출산 휴직 들어가셨대. 곧 새로운 선생님이 오신대."

교무실에 다녀온 학급 회장이 알리자, 준표는 국어 문제집을 펴 놓고 문제를 풀었다. 교과서에 나오지 않은 지문에 관한 문제였다. 문제는 지문을 읽는 데에도 시간이 오래 걸린다는 거였다. 지문은 프로 축구 구단의 선수와 감독, 그리고 팬들이 뒤엉켜 문제를 일으킨 글인데 내용을 잘 알 수가 없었다.

'감독이 무슨 일을 하는 거지? 다 정답 같잖아.'

오래 고민하던 준표는 정답이 3번인데, 엉뚱하게도 1번을 적어 버렸다.

그때 어깨너머로 문제집을 들여다보던 세인이가 웃으며 말했다.

"호호! 준표야, 선수 임용과 선발을 책임지는 게 감독이라는데, 왜 답을 이렇게 적었어?"

"어…… 그냥 감독이 선수를 뽑으니까 계약도 담당하는 줄 알았지……."

세인이는 얼굴을 살짝 찡그리며 고개를 저었다.

"쯧쯧. 구단의 기본을 모르니 문제를 제대로 풀 리가 없지."

준표는 당황한 얼굴로 시험지를 움켜쥐고 변명했다.

"내가…… 좀 헷갈렸어. 신문, 방송에서 다들 계약 얘기만 하길래 그게 중요하다고 생각했지."

"이건 말 그대로 상식이야! 감독이 모든 걸 책임지는 구단에서 계약만 중요할 리가 없잖아! 팬들이 실망한 건 맞지만, 결정을 내린 건 구단과 감독이잖아! 제발 지문 좀 잘 읽고 문제를 풀어. 이렇게 계속 엉뚱하게 생각하면 국어 성적은 끝장이야! 이러다 나중에 사기당할 수도 있다고!"

정식이는 더 이상 변명하지 못했다.

그때 교실 문이 열리며 탈모가 진행 중인 교감 선생님이 들어왔다.

아이들이 집중하자 교감 선생님이 입을 열었다.

"자, 오늘 새로 오신 국어 선생님을 소개하겠다."

교감 선생님의 굵고 차분한 목소리가 교실에 울려 퍼졌다. 뒤에 따라 들어온 선생님은 단정한 차림이었다. 선생님은 살짝 긴장한 듯 웃으며 아이들을 바라보았다.

"출산 휴가 들어가신 김옥분 선생님 대신 국어 수업을 맡아 주실 분은 박청강 선생님이시다. 유명한 소설가이시고, 사범 대학을 우수한 성적으로 졸업하신 우리 녹산중 선배시다. 많은 것을 배울 기회니까 열심히들 해라."

"헉! 저분은?"

지난주에 만나서 빵까지 얻어먹은 박청강 작가가 앞에 서 있는 걸 보고 준표, 세인이, 정식이는 기절할 듯 놀랐다. 뒷산에 올라갔던 아이들 사이에서도 수군거림이 파문처럼 일었다.

교감 선생님이 교실을 나가자 박청강 선생님은 차분히 고개를 숙이며 첫인사를 건넸다.

"안녕하세요. 저는 오늘부터 학기 말까지 여러분과 국어 공부를 함께 할 박청강입니다."

정식이는 어깨를 들썩이며 준표의 옆구리를 쿡 찔렀다.

"야, 그때 우리가 만났던 박청강 작가님이야."

박청강 선생님은 아이들의 놀란 표정을 보고 담담하게 웃으며 말을 이었다.

"네, 맞습니다. 제가 여러분이 알고 있는 그 박청강입니다. 여기 낯익은 친구들도 몇 명 보이네요."

"대박! 우리 학교에 선생님으로 오시다니!"

정식이는 입을 가리고 쑥스러워하며 덧붙였다.

"선생님 소설 읽었어요.《소도시의 사랑법》."

준표는 박청강 작가를 만난 뒤 인터넷 중고 서점에서 책을 주문해 읽었다.

"그래요? 어땠나요?"

"약간 야하던데요?"

"하하, 중학생용은 아니지만 읽을 수는 있죠. 앞으로 국어뿐만 아니라 책과 글쓰기에 대해서도 마음껏 이야기할 기회가 있을 겁니다. 오늘은 첫날이니까 각자 자습하던 거 하세요. 나는 분위기도 익힐 겸 교실을 돌아볼게요."

가장 눈을 반짝인 건 성운이였다. 국어에 관심이 많다 보니 작가를 교사로 만나게 되었다는 사실이 무척 설레는 모양이었다.

박청강 선생님은 책상 사이를 돌아다니며 궁금한 걸 이

것저것 물었다.

준표의 국어 문제집을 보고는 심각한 표정을 지었다.

"이런, 지문이 그리 어렵지 않은데 틀렸구나."

준표가 쑥스러워하며 문제집을 가리자 고개를 저었다.

"틀리는 건 부끄러운 일이 아니야. 같은 걸 또 틀리는 게 부끄러운 거지. 왜 틀렸는지 알아내서 기억하고 다음에는 바로잡을 수 있도록 해야 해."

"국어가 어려워요."

세인이도 고개를 들고 볼멘소리를 했다.

"선생님, 국어는 암만 공부해도 성적이 잘 안 올라요. 끊임없이 산꼭대기로 바위를 밀어 올리는 시시포스가 된 것 같다고나 할까요?"

"음…… 성적이 안 오르는 이유가 국어가 어렵기 때문일까?"

"네? 그게 무슨 말씀이세요?"

세인이는 고개를 들어 따뜻하고 진지한 박청강 선생님의 눈을 바라보았다.

"국어는 문법 외우고, 글 읽고, 문제 푸는 게 다가 아니야. 문해력, 즉 글을 읽고 이해하는 능력도 필요해. 문해력이 떨어지면 나머지 과목도 다 어려워."

준표가 궁금한 듯 물었다.

"문해력이 뭐예요?"

"문해력은 글에 담긴 뜻을 이해하는 능력이야. 맥락을 파악하는 능력이기도 하지. 근데 문해력은 하루아침에 늘지 않아. 다른 과목들의 시험 문제도, 글을 제대로 이해하지 못하면 풀기 어렵지."

"제가 문해력이 많이 부족하다는 거네요."

"하하하! 그렇다고 너무 낙담할 필요는 없어. 문해력은 훈련하면 좋아질 수 있어. 방법도 있지."

갑자기 아이들 모두 고개를 들었다.

아이들이 관심을 보이자 박청강 선생님은 흥이 난 듯 칠판에 한자 두 글자를 썼다.

讀書

"그게 뭐예요?"

성운이가 대답했다.

"독서."

"그래. 너, 한자 좀 아는구나. '읽을 독', '글 서'! 글, 그러니까 책을 읽는다는 뜻이지. 읽고, 생각하고, 글에 담긴 의미를 스스로 찾는 연습을 많이 하면 돼."

결국 재미없는 책을 읽으라는 이야긴가 하며 아이들 관

심이 뚝 떨어졌다.

"내가 있는 동안 너희가 독서에 흥미를 붙이도록 해 볼 생각이다."

"어떻게요?"

"호랑이를 잡으려면 어디로 가야 하지?"

세인이가 엉뚱한 소리를 했다.

"아프리카요. 호호!"

박청강 선생님은 진지한 얼굴로 말했다.

"아프리카엔 사자지."

"호랑이 굴로 가야 합니다."

성운이가 다시 대답하자, 박청강 선생님이 고개를 끄덕였다.

"맞다. 문해력을 높이려면 책을 많이 읽어야 하고, 책을 많이 읽으려면 독서를 습관화해야지. 독서는 취미도 아니고, 특기도 아니고, 의무도 아니고, 권리도 아니고 아무것도 아니야. 오로지 습관이야! '익힐 습', '버릇 관'!"

習 慣

칠판엔 어느새 새로운 한자가 쓰였다.

"내가 여러분과 하고 싶은 건 독서 클럽 만들기다. 관심 있는 학생들 많이 들어오기 바란다. 거기서 책을 읽고, 서로 생각을 나누고, 이야기를 나누면서 문해력도 자연스럽게 늘릴 수 있을 거야. 부담 없이 함께할 수 있는 모임을 만들 생각이다. 독서가 습관이 되도록."

교실은 조용했다.

"국어 공부도 훨씬 수월해질 거고. 성적 올라가는 건 떼어 놓은 당상이지."

그러면서 박청강 선생님은 칠판에 자신의 인스타그램 아이디와 전화번호를 적었다.

"관심 있는 학생들은 디엠이나 문자 보내라. 독서 클럽에서 만나자. 교사 휴게실을 독서 클럽으로 써도 된다고 교감 선생님이 허락하셨다. 거기서 책도 읽고, 자신감을 가지고 국어 공부도 해 보자."

누가 듣고 있기라도 했던 것처럼 때맞춰 수업을 마치는 종이 울렸다.

눈물의 독후감

"안녕하세요. 저는 강세인입니다. 오늘은 에밀 아자르의 《자기 앞의 생》 독후감을 발표하겠습니다."

세인이는 목이 마른지 물을 한 모금 먼저 마셨다.

"이 책은 모모라는 아이가 주인공인데요, 모모는 부모 없이 로자 할머니와 함께 삽니다. 저는 모모가 굉장히 외로웠을 것 같다고 생각했어요. 모모는 부모가 없는 어려운 상황에서도 끝까지 희망을 잃지 않고, 로자 할머니의 보살핌을 받으며 자랍니다. 저는 그런 점에서 모모가 대단하다고 느꼈습니다."

준비된 문장을 그대로 읽어 내려가는 세인이의 목소리에서는 감정의 기복이 거의 느껴지지 않았다.

"그리고 이 책을 통해 저는 가족의 소중함을 느꼈습니다. 곁에 계시는 부모님께 늘 감사해야 한다는 생각이 들었어요. 모모가 힘든 상황에서도 잘 견뎌 내는 것을 보며, 저도 어려운 상황에서 포기하지 않아야겠다고 결심했습니다. 결론적으로 《자기 앞의 생》은 인내와 희망의 중요성을 보여 준 책이라고 생각합니다."

발표는 짧고 명료했지만 세인이가 공감한 게 무엇인지 잘 와 닿지 않았다. 그저 형식적으로 내용을 정리한 것처럼 보였다.

"그리고 이 책을 읽고, 저는 앞으로도 부모님과 함께하는 시간을 더 소중히 여기며 살아가야겠다고 다짐했습니다. 감사합니다. 힝!"

세인이의 애교 섞인 부연 설명으로 발표가 끝나자 박청강 선생님은 미소를 지으며 고개를 끄덕였다.

"발표 잘 들었어. 책의 내용을 잘 정리했네."

2주일 전, 학교에 독서 클럽이 생겼다. 몇 명이나 가입할까 두근거렸지만, 생각보다 많은 아이가 관심을 보였다. 처음엔 성운이, 준표, 세인이, 정식이를 비롯해 약 10여 명의 아이들이 클럽에 등록했다. 독서 클럽 교실로 쓰게 된 교사 휴게실에는 책상이 몇 개 더 들어왔고, 박청강 선생님이 가져온 미니 냉장고에는 각종 음료가 가득 찼다.

"와, 이 냉장고 샘이 사신 거래?"

"선생님 작업실에 있는 거 가져오신 거래. 독서 클럽 전용이야."

어찌 되었건 독서 클럽에 오면 먹을 것이 있었다. 그건 어찌 보면 박청강 선생님의 고도의 전략인 것 같았다. "어린이들에게 우유 한잔 먹이는 것이 애국."이라는 말을 선생님 작품 어디선가 읽은 것 같았다.

독서 클럽의 첫 책으로 선생님은 에밀 아자르의 《자기 앞의 생》을 골랐다. 학생들에게도 새로운 도전이 될 거라고 생각해서였다고 한다. 다행히 학교 도서관에 책이 20여 권 있었다. '한 책 읽기'로 오래전에 읽다 처박아 둔 책이었다. 클럽 아이들은 도서관에서 책을 빌려, 날마다 수업이 끝난 뒤 모여서 함께 읽기 시작했다. 모두 처음엔 낯설고 어려워했지만, 점차 주인공 모모와 로자 할머니의 이야기에 빠져들었다.

오늘이 바로 그 책 첫 독후감 발표 날이었다. 아이들은 각자의 방식으로 책을 읽고, 느낀 점을 독후감에 담아 왔다. 성운이, 준표, 세인이, 정식이도 기대와 긴장 속에 발표를 준비했다. 대부분 이런 독서 클럽도 처음이지만 독후감 발표는 더욱 처음이었다.

박청강 선생님은 아이들이 책을 통해 성장하고, 자신의 생각을 깊이 있게 표현할 수 있기를 바랐다.

"줄거리 요약은 많이 하지 마. 작은 거라도 좋으니 읽고 느낀 점, 나는 어떤 비슷한 일을 겪었나 등등의 에피소드를 넣는 게 좋아."

그게 더 어려웠다. 초등학교 때의 독후감은 대개 줄거리 요약으로 분량을 때웠기 때문이다. 선생님은 아이들이 발표할 때마다 귀 기울여 듣고 조언을 아끼지 않았다.

세인이 발표에도 촌평을 덧붙였다.

"단순히 내용을 요약하는 것보다 네가 느낀 감정과 생각을 더 많이 담으면 좋을 것 같아. 책을 읽으면서 그 책이 너에게 어떤 영향을 미쳤는지, 더 솔직하게 표현해 보면 좋겠네."

세인이는 살짝 당황한 듯 고개를 끄덕였다.

다음은 준표 차례였다. 준표는 자리에서 일어나 독후감을 무미건조하게 읽어 나갔다. 빠른 속도였다. 조금이라도 빨리 아이들 앞에서 벌거벗겨져 있는 것 같은 시간을 줄여 보려고 하는 것 같았다.

"이 책에서 모모는 가족 없이 자랐고, 힘든 상황에서도 끝까지 희망을 놓지 않습니다. 그런 모습을 보면서 저도 많은 생각이 들었습니다."

준표는 잠깐 머뭇거리다가 글을 읽어 갔다.

"저희 집도 한때 많이 힘들었거든요. 학원이 망해서 엄마랑 아빠가 잠깐 별거하셨을 때, 저도 모모처럼 외롭고 무서웠어요. 그런데 제가 우연히 친구들과 금동 불상을 찾아내면서 포상금을 받았고, 그걸로 우리 집 어려움이 많이 풀렸어요. 덕분에 엄마와 아빠도 다시 합칠 수 있었고, 저도 다시 가족의 따뜻함을 느낄 수 있었죠. 그래서 모모가 어려운 상황에서도 끝까지 희망을 잃지 않는 부분이 가장 인상 깊었어요."

준표는 책의 마지막 장면을 떠올리며 덧붙였다.

"모모도 힘든 시간 속에서 혼자였지만, 결국에는 자신만의 길을 찾아가요. 저도 그런 점에서 모모와 비슷했던 것 같아요. 그래서 이 책을 읽으면서 많은 위로를 받았습니다. 저에게 《자기 앞의 생》은 가족의 소중함과 희망의 중요성을 다시 한번 깨닫게 해 준 책이었습니다. 감사합니다."

박청강 선생님은 이런 식으로 아이들의 독후감을 발표시켰다. 몇몇 아이는 제대로 써 오지 않거나 대충 발표했다. 그렇게 순서가 돌고 돌아 정식이 차례가 되었다.

정식이는 자리에서 일어나더니 특유의 진지한 표정으로 발표를 시작했다.

"사실 저는 이 책을 읽으면서 수학적인 요소에 주목하

게 되었습니다."

아이들이 의아한 표정으로 수학 천재를 쳐다보자, 정식이는 그럴 줄 알았다는 듯한 득의만면한 표정으로 말을 이었다.

"모모의 삶은 마치 풀리지 않는 복잡한 방정식 같았어요. 부모 없이 혼자서 살아가는 삶은 변수가 너무 많고, 쉽게 답을 찾기 어려운 문제였어요."

박청강 선생님은 흥미로운 표정으로 고개를 끄덕였다.

"그런데 그 방정식에도 해답은 있었습니다. 로자 할머니라는 '상수'가 모모의 삶에 존재했고, 그 덕분에 모모는 결국 스스로의 해답을 찾아갔어요. 수학에서도 해가 없는 방정식이 있지만, 이 책에서 모모는 끝까지 포기하지 않고 자신의 해를 찾아갔다는 점에서 인상 깊었습니다. 결국 모모의 삶도 하나의 방정식처럼, 많은 변수를 해결해 나가면서 해답을 찾아간 이야기라고 생각합니다. 감사합니다."

정식이는 발표를 마치고 조용히 자리에 앉았다.

"브라보!"

박청강 선생님은 정식이 발표를 듣고 나서 박수까지 치며 말했다.

"방정식, 아주 독특한 시선으로 책을 해석했구나. 수학적인 관점에서 모모의 삶을 방정식에 비유한 게 참 신선해.

전 세계 어디에서도 이렇게 해석한 평론가는 없었을 거야. 다양한 시각으로 책을 바라보는 것도 중요한 능력이야. 이렇게 자신만의 방식으로 생각할 수 있다는 건 큰 장점이지. 잘했어. 앞으로도 계속 노력해라."

정식이는 선생님 칭찬에 살짝 미소를 지으며 고개를 끄덕였다.

"마지막으로 성운이."

성운이가 느리지도 빠르지도 않게 자리에서 일어섰다. 그리고 마치 연설문 낭독하듯이 자신이 쓴 독후감을 읽어 내려갔다.

"이 책은 정말 제 마음을 많이 흔들어 놓았어요. 저와 비슷한 처지의 모모가 나오는 이야기를 읽다 보니, 책 속의 모모가 마치 저 같았거든요.

모모는 부모를 잃은 아이죠. 저도 비슷해요. 저도 일찍 부모님을 잃고 고아가 되었어요. 저를 사랑해 줄 사람은 없었고, 세상은 너무 차가웠어요. 모모가 로자 할머니와 지내는 동안 느낀 외로움과 그리움이 너무 와 닿았어요. 저 역시 누군가에게 사랑받고 싶었고, 따뜻한 손길을 원했지만, 그런 손길은 없었습니다.

모모가 부모에 대해 아는 게 거의 없고, 자신이 누구인지도 모르는 모습은 제 마음을 더 아프게 했습니다. 저도 부모님에 대한 기억이 거의 없거든요. 그래서 모모가 엄마를 그리워하며 혼자 눈물을 삼키는 장면이 나올 때마다 저도 모르게 울컥했어요. 누군가에게 사랑받지 못하고 자란다는 건, 세상에서 가장 쓸쓸한 일이란 걸 모모와 함께 다시 느끼게 되었어요.

로자 할머니가 모모를 돌봐 주는 장면에서는 부러움과 슬픔이 동시에 밀려왔어요. 모모는 할머니와 있을 때에도 여전히 외로웠지만, 그래도 할머니는 모모를 끝까지 지켜 주었죠. 저는 그런 누군가가 없어요. 만약 저에게도 로자 할머니 같은 사람이 있었다면, 저도 조금은 덜 외로웠을까요? 조금은 더 따뜻하게 살아갈 수 있었을까요?

모모는 성장하면서 점점 더 자신이 처한 현실을 받아들이게 되지만, 그 과정이 너무 고통스러웠어요. 저는 모모가 힘들게 살아가는 모습을 보며 내내 마음이 아팠어요. 저도 누군가의 보살핌 없이 스스로 강해져야만 했거든요. 어린 나이에 어른이 되어 버린다는 것이 얼마나 힘든 일인지, 경험해 보지 않은 사람은 모를 겁니다.

모모가 결국 로자 할머니를 잃고 홀로 남겨졌을 때, 그 고통이 얼마나 클지 상상만 해도 눈물이 났습니다. 부모님을 잃은 것도 모자라, 이제는 더 이상 의지할 곳이 없는 모모를 보면서 제 마음이 무너져 내렸어요. 마치 제 이야기

같아서 정말 많이 울었습니다. 사랑받지 못하고, 의지할 곳 없이 떠돌아다니는 모모의 모습이 지금의 저와 다르지 않다는 생각이 들었습니다.

책을 덮고 난 뒤에도 한동안 제 마음은 무겁고 슬펐어요. 하지만 모모의 이야기는 저에게 큰 깨달음을 주었습니다. 비록 나와 우리 보육원 친구들은 사랑받지 못한 아이들이고, 세상은 때때로 너무 잔인하게 느껴지지만, 그럼에도 우리는 살아가야 한다는 걸요. 저도 모모처럼 버텨 내고, 스스로를 지켜 내야 한다고 다짐하게 되었어요.

《자기 앞의 생》은 단순한 소설이 아니었어요. 제 삶의 이야기이자, 저와 같은 아이들에게 전하는 메시지가 담겨 있었어요. 누구에게도 사랑받지 못하는 이 세상에서, 그래도 우리는 우리의 삶을 살아 내야 한다는 것을 잊지 말아야 한다는…… 그 사실을 다시 한번 깨닫게 해 준 작품이었습니다."

성운이는 발표를 마치고 나서도 한동안 말을 잇지 못했다. 성운이 눈에 맺힌 눈물 한 방울이 뺨을 타고 흘러내렸다. 교실은 숙연했고, 여자아이 몇 명도 눈물을 훔치며 성운이를 바라보았다.

세인이가 휴지로 눈물을 닦으며 중얼거렸다.

"이거 너무 슬프잖아. 글에다가 마라탕 뿌렸어. 잉."

독서 클럽 교실에 있는 아이들 눈빛에는 성운이의 아픔에 공감하는 기운이 가득했다. 박청강 선생님도 성운이의 진심 어린 발표를 듣고 생각에 잠긴 것 같았다. 그동안 들은 수많은 발표 중에서도 이렇게 감정을 깊이 전달한 사람은 드물었다. 선생님은 잠깐 숨을 고르고, 조용히 성운이를 바라보며 다시 한번 뜨거운 박수를 치기 시작했다. 아이들도 하나둘씩 선생님을 따라 박수를 치기 시작했고, 교실은 성운이에게 보내는 응원의 박수 소리로 가득 찼다.

"정말 훌륭했어. 진심이 담긴 발표. 고맙다. 선생님도 울컥했다."

독후감 발표가 마무리되자, 아이들은 감동의 여운을 안고 조용히 자리를 정리했다. 준표는 성운이 처지를 아는 박청강 선생님이 일부러 《자기 앞의 생》을 고른 게 아닐까 생각했다.

존중받고 싶어

　독서 클럽은 학교를 뒤흔들었다. 지방에 있는 작은 학교에서 아이들이 독서 클럽 활동을 하며 문화적인 충격을 받는 것은 결코 쉬운 일이 아니다. 독후감을 작성하지 않았던 아이들은 후회하면서 다음에는 꼭 제대로 된 독후감을 쓰겠다고 결심했다. 반면에 발표를 했거나 박청강 선생님에게 약간이라도 격려받은 아이들은 더 잘 읽고 더 좋은 독후감을 쓰겠다고 각오를 다졌다. 청소년기 아이들은 원래 자기 계발에 관심이 있는 법이다. 남들에게 뒤처지는 것을 좋아하는 아이들은 별로 없다. 무엇보다 좋은 점은 책을 읽고 느낀 점을 발표해 서로 생각이 다르다는 것을 알게 된 점에 반응한 거다.

"야, 넌 어떻게 그렇게 로자 할머니에 대해 관심을 가졌니?"

"그 할머니가 트라우마 강한 유대인인 데다가 창녀들이 맡긴 아이들을 돌봐 주는 게 정말 신기했어. 힘든 사람이 오히려 더 힘든 사람들을 잘 돌본다는 걸 깨달았거든."

"나 같으면 그런 건 못할 텐데."

이렇게 예민한 주제에 대해 생각을 나누며, 아이들은 앞서 읽은 책들을 통해 점점 생각이 깊어졌다.

다음 책은 청소년들의 꿈과 희망을 이야기한 《빅 보이》와 《빅 걸》이었다.

박청강 선생님은 아이들에게 말했다.

"이 책이야말로 청소년들의 꿈과 희망을 이야기하는 책이다. 너희 이야기 같을 거야. 읽고 독후감을 준비해 와라."

남학생들은 《빅 보이》, 여학생들은 《빅 걸》을 읽기로 했다. 두 책이 연결되어 있어 흥미로울 것이라고 했다. 도서관에 책이 많지 않은 걸 안 선생님은 재빨리 독서 클럽 예산으로 책 20권을 주문했다. 그 뒤로 아이들은 시간이 날 때마다 독서 클럽 교실로 달려가 책을 읽었다.

준표와 세인이, 정식이, 그리고 독서 클럽 덕에 더 친해진 성운이는 독서 클럽을 마치 자기들 전용 카페처럼 자리를 잡고 앉았다.

성운이가 눈치를 살피며 조심스럽게 입을 열었다.

"나, 요즘 자꾸 이상한 생각이 들어."

세인이가 성운이 말에 반응을 보였다.

"뭔데?"

"《자기 앞의 생》이랑 《빅 보이》, 《빅 걸》을 읽고 났더니 갑자기 엄마를 찾고 싶어졌어."

"뭐? 엄마를 찾아?"

고아인 성운이 입에서 엄마라는 말이 나오자 나머지 세 아이는 뜨악했다. 마치 판도라의 상자를 연 것 같아서였다.

"응. 어떤 엄마가 날 보육원에 보냈나 궁금해졌어. 한 번만 만나 보고 싶어."

"……."

잠깐 세 아이는 침묵에 빠졌다. 고아가 엄마를 찾고 싶다는 말에 함부로 이러쿵저러쿵 토를 달 사람은 세상 어디에도 없을 테니까. 벌써 감정이입한 세인이는 두 눈에 눈물이 그렁그렁했다.

"《자기 앞의 생》이나 《빅 보이》와 《빅 걸》의 주인공들은 어쨌든 역경을 이기고 헤쳐 나가잖아? 나에게도 엄마 없다는 게 역경이라면 역경인데 이제라도 엄마를 찾아보는 게 어떨까 싶은 거야."

그러자 정식이가 눈을 반짝였다.

"수학과 비슷하네. 문제를 풀어야 하는 거잖아. 책의 주인공들은 저마다 문제를 가지고 그 문제를 자기들만의 방식으로 풀더라고. 물론 수학의 답은 명확하게 하나이긴 해. 하지만 인문학의 답은 여러 개인 것 같아."

"박청강 선생님이 '인문학은 질문하는 학문'이라고 말씀하신 것과 같아. 어떤 질문을 어떻게 하느냐에 따라 답이 여러 개 나오는 거지. 주인공들은 같은 상황에 처해도 해답은 저마다 다르게 찾잖아. 일부는 자기 자신에게 맞는 상황으로 문제를 해결하기 위해 노력해."

준표가 나름 해석하자 성운이가 고개를 끄덕였다.

"맞아. 그게 인문학적인 의미야. 그래서 나는 엄마를 찾는 문제를 인문학적으로 풀고 싶어."

준표는 갑자기 그동안 궁금했던 질문을 꺼내 놓았다. 지금 못 하면 영영 못할 것 같았기 때문이다.

"인문학이 질문하는 거라는 점에서 성운이에게 궁금한 게 있어."

"응. 뭐든 물어봐. '정해진 답이 아니라, 끊임없는 질문이 인생을 정한다.' 내가 좋아하는 명언이야."

"처음 전학 온 날, 굳이 네가 고아라는 걸 밝힐 필요 없었잖아? 일본인 엄마를 둔 아이가 굳이 자기가 다문화라고 밝히지 않는 것과 마찬가지지. 얼굴도 똑같이 생겼으니까 스스로 밝히지 않으면 아무도 모르거든."

세인이와 정식이도 말없이 성운이를 보았다. 비슷한 의문은 모두 가지고 있었지만 차마 묻지 못했기 때문이다.

"좋은 질문이야. 사실 자신이 고아라는 걸 스스로 밝힐 필요는 없지. 하지만 나도 고민을 좀 했어. 대산중에서는 내가 고아라는 사실을 이미 다 알았어. 초등학교부터 같이 다닌 아이들이 있었으니까. 하지만 이곳으로 보육원 이전하면서 학교도 옮겨야 하는데 어떻게 할까 생각하게 되더라고."

"그래서?"

"이곳에서 새로운 친구를 잘 사귀고 싶다는 생각을 했어. 마치 한국에 살면서 여러 가지로 어려움을 겪은 사람이 새 삶을 살려고 모든 걸 정리하고 미국으로 이민 가는 것과 비슷했어."

"그런 정도였어?"

"응. 그래서 나는 그렇다면 깨끗하게 내가 고아라는 사실을 밝히자고 생각했어. 언젠가 알려질 테니까. 그럴 바에는 찜찜하게 가슴속에 간직하지 말고 먼저 밝히고 나에 대해 차별과 편견을 가진 애들은 맘대로 생각하라고 하자, 이렇게 마음먹었어."

"그러다 너에게 못되게 구는 애들 나오면 어쩌려고?"

"그런 애들은 어디나 있어. 개네들 빼고 나머지 애들이 나를 있는 그대로 보고 좋아해 주길 바란 거야. 나를 있는 그대로 존중해 주었으면 했지. 소크라테스는 이렇게 말했어. '우리가 존중해야 하는 것은 단순한 삶이 아니라 올바른 삶이다!' 나는 올바른 삶을 살 거기 때문에 고아인지 여부는 중요하지 않다고 생각했어."

"어머, 감동!"

세인이가 자기도 모르게 눈물을 손등으로 닦고는 박수를 쳤다. 준표는 성운이가 작정하고 새로운 생활을 하기로 결심하고 전학 왔음을 확인했다. 자신도 전학을 왔기에 그런 마음을 누구보다 잘 이해할 수 있었다.

"그건 알겠어. 근데 갑자기 엄마는 왜 찾겠다는 거야?"

화제는 다시 원점으로 돌아왔다.

"왜 나를 버렸는지 알고 싶어서."

"보육원에 기록 남아 있지 않나?"

준표는 어디선가 그 비슷한 이야기를 들은 것 같았다.

"몰라."

세인이가 눈을 반짝였다.

"얼마 전에 텔레비전 봤는데 '이웃이야기'에 보육원 출신 장학사가 나왔어."

"정말이야?"

성운이는 깜짝 놀라며 눈을 반짝였다.

"응. 그런데 그분이 자기가 입양된 보육원에 가서 자신의 서류를 보더라고. 그 서류에는 동생과 함께 가게 앞에 버려져 있었다고 쓰여 있었어. 그걸 알고 나서 자신이 어떻게 버려졌는지 기억해 내려고 애를 쓰는 장면 봤어."

"보육원에 들어가는 애들마다 그런 기록을 남겨 두는 카드가 있나 보네."

"그럼 성운이 기록을 보면 엄마 찾을 수 있는 단서가 있지 않을까?"

"설마 엄마가 자기 얼굴 내밀고 버렸겠어?"

"모르지. 기록을 안 봤으니까. 기록을 찾아봐야지."

정작 주인공은 입 다물고 있는데 준표와 세인이, 그리고 정식이는 마구 내달렸다.

"성운아, 보육원 선생님한테 기록을 보여 달라고 해 봐."

"그런 거 보여 달라고 한 아이는 못 봤는데."

"그러니까 네가 한번 해 봐."

"안 보여 주면 어떡하지?"

"아까 말한 장학사가 서류를 보고 자기 엄마에 대해 이야기하더라고. 엄마인 줄 알았는데 고모였다고. 그런 단서가 실마리가 되어서 엄마를 찾을지도 모르는 거야."

유튜브

첫 중간고사 결과가 나왔다. 성적은 아이들마다 다양했다. 준표는 좋은 친구들을 만나고 학교생활에 취미를 붙이면서 전반적 과목에서 성적이 올랐다. 특히 수학 성적이 많이 올라 성적표를 본 아빠가 칭찬해 주기까지 했다.
"아빠가 수학 강사인 덕분인 줄 알아라!"
"아니에요. 정식이 도움 많이 받았어요."
"그래도 네가 원래 수학적인 머리가 있기 때문이야."
"아빠는 뭐든지 아빠 덕분이라고 하네요. 히히!"
옆에 있던 엄마도 한마디 했다.
"네 아빠는 너 어렸을 때부터 네가 잘하면 자기 덕분, 못하면 내 탓이라고 했어."

"하하하, 내가 좀 그런 경향이 있지."

한바탕 웃음으로 준표는 모처럼 행복을 느꼈다.

그동안 건들거리며 돌아다니던 세인이도 좋은 친구들과 사귀면서 성적이 올랐다. 세인이는 뷰티 숍 원장이 되려면 미술 공부를 잘해야 한다더니, 미술 성적이 만점이었다.

"이제 알겠지? 나는 미적 감각이 뛰어난 사람이라고! 너희도 이제부터 나를 잘 알아 모셔야 할 거야."

"아이고, 대단한 원장님 나셨어요."

정식이와 준표는 세인이를 놀리며 웃었다.

정식이는 여전히 수학과 그 밖의 이과 과목은 거의 만점에 가까웠다. 하지만 문과 과목은 엉망이었다.

"문과 과목은 정말 하기 싫어. 특히 국어……."

"국어를 하기 싫은데 어떻게 수학 문제를 이해하고 푸냐?"

"수학 문제로 나오는 말 정도는 이해할 수 있지."

놀라운 것은 성운이였다. 성운이는 국어 만점이었다. 한 문제도 틀리지 않은 것이다.

"박청강 선생님까지 수업 시간에 이야기할 정도니, 뭐."

박청강 선생님은 다른 아이들 들으라는 듯 말했다.

"성운이, 국어 만점이더구나. 전교에서 너, 하나뿐이다. 너는 나중에 국문과 가면 좋겠다."

"국문과요?"

"그래, 너같이 국어 잘하는 아이는 처음 본다. 너는 아무래도 말이나 글로 먹고살아야 할 것 같다."

아이들은 모두 지나칠 만큼 칭찬받은 성운이를 다시 보았다. 성운이는 갑자기 국어 잘하는 아이로 이름을 날리게 되었다.

박청강 선생님도 신기했는지 성운이에게 호기롭게 물어봤다.

"앞에 나와서 어떻게 국어를 잘하게 되었는지 한번 이야기해 볼래?"

"제가요?"

"그래. 다른 아이들에게 용기를 좀 줘야지."

교실 앞으로 나온 성운이는 약간 얼굴이 상기되었다가, 갑자기 다른 캐릭터를 장착한 듯 완전 다른 사람 같은 말투로 말하기 시작했다.

"저는 어린 나이에 보육원에서 살게 되었습니다. 형들이 놀아 주지 않아서 늘 혼자 보육원 한쪽 구석에서 지냈는데, 어느 날 재미있는 동화책을 보게 되었어요. 책 제목은 '아낌없이 주는 나무'. 무심코 집어 든 이 동화책을 읽는 동안에는 세상 걱정을 다 잊은 것 같았습니다. 그래서 뚝딱 읽고, 그다음 책을 또 읽었지요. 그림책이나 만화와는 다르게, 글자만 있는 책들이 저에게 큰 영향을 주었습니다. 왜 그런가 곰곰이 생각해 보았더니, 글을 읽다 보면 머릿속에 그 장면을 떠올리게 되더라고요. 제가 경험했거나 만든 장면이지요. 작품 속에서 제가 주인공이 되어 뛰어놀게 되면서 책 읽는 즐거움을 알게 되었습니다.

그런데 우리 보육원 선생님 중에 늘 정부에 보육원의 문제점에 대한 정책을 제안하고, 보육원 어린이들 복지를 위해 노력하는 분이 계세요. 이미도 선생님이라고요. 대학 시절에 학생 운동도 했다고 하시는데, 그 선생님이 저를 보더니 글을 쓰라고 하셨습니다. 그래서 글 지도를 받게 되었어요. 사실 어린이가 글 지도를 받기는 쉽지 않습니다. 학원에 가면 된다지만 학원 선생님들이 모두 글을 잘 쓰는 분들은 아니잖아요. 그런데 이미도 선생님은 대학생 때 지방 신문에 시가 당선된 아마추어 시인이기도 했어요. 그런 선생님이 글과 독서를 지도해 주니까 저는 자연스럽게 우리말과 글에 관심을 갖게 되었습니다.

원장님은 늘 이렇게 말씀하셨습니다. '남 앞에 나서서 당당하게 말할 줄 알아야 한다. 너희가 비록 보육원에서 자라지만, 보육원에서 살았다고 해서 할 말 못 하면서 기죽을 필요는 없어. 《톰 소여의 모험》에 나오는 톰은 고아야. 이모 밑에서 자라면서 온갖 천대와 구박을 받지만, 절대 기죽지

않아. 너희도 그러한 꿋꿋한 기세를 가져야 해. 이런 가르침이 다 책에 있어.'

저는 그래서 그때부터 어려운 일이 있을 때면 《톰 소여의 모험》을 떠올렸습니다. 톰은 한 번도 소극적인 적이 없었고, 동네 아이들을 설득하며 쥐락펴락했지요. 가장 유명한 건 담장 페인트칠 사건입니다."

성운이는 톰이 벌로 기나긴 담장에 페인트를 칠해야 했는데 말솜씨로 그 고된 일을 동네 아이들에게 고상한 일처럼 보이게 해서 그 결과 아이들이 서로 페인트칠해 보겠다고 매달리게 만들어 편하게 다 마무리했다는 이야기까지 해 주었다. 성운이의 차분한 말에 아이들은 모두 귀를 기울였다.

박청강 선생님은 성운이의 미니 강연이 끝나자 고개를 끄덕였다.

"역시 대단하구나. 성운이, 앞으로 계속 말 잘해서 정치가가 되거나 작가가 되면 좋겠다."

"아닙니다. 저는 뇌과학자가 되어서 두뇌와 언어의 신비를 꼭 풀 겁니다."

"오, 그래? 어떻게?"

"두뇌 개발이 언어 능력과 글쓰기 능력을 어떻게 키워 주는지 아세요? 제가 진짜 재미있는 사실을 알려드릴게요!

우리 두뇌에는 '브로카 영역'과 '베르니케 영역'이 있어요. 브로카 영역은 말을 만드는 역할을 하고, 베르니케 영역은 언어를 이해하는 역할을 하죠. 그런데 이 두 영역이 활발하게 활동하면 말도 자연스럽게 잘 나오고, 글을 쓸 때도 문장이 술술 이어져요. 그리고 뇌를 자극하는 활동을 하면 시냅스가 더 많이 생긴다고 해요. 시냅스는 뇌세포 간의 연결인데, 이 연결이 많아질수록 생각이 더 빠르고 정확해져요. 그래서 책을 읽거나 글을 쓰면 두뇌가 활성화되고, 덕분에 말과 글이 한꺼번에 좋아지는 거죠. 저는 이 뇌의 신비를 꼭 풀 겁니다."

"자, 모두 성운이에게 박수!"

선생님의 말에 교실엔 박수 소리가 가득했다.

그날 점심시간에 네 아이가 모여 이야기를 나누었다.

"어떻게 하기로 했어?"

보육원에 입소 카드 보여 달라고 했냐고 성운이에게 묻는 거였다.

"실망이야. 선생님들이 카드를 안 보여 주셔."

"카드를 안 보여 주신다고?"

"응, 나중에 어른 되면 보여 주겠다고 원장님이 말씀하셨어."

준표는 왠지 모르지만 이건 아닌 것 같아 열부터 냈다.

"네가 어떻게 입양됐는지를 알려 주는 건 당연한 거 아니야?"

"카드 봐도 별 볼일 없을 것 같아."

"왜?"

성운이는 동화 작가가 해외 입양에 대해 쓴 책 한 권을 꺼냈다.

"내가 이 책을 읽었는데 여기에 입양 카드 같은 거는 다 거짓말로 쓴다고 나와 있더라."

"그게 무슨 말이야?"

"해외에 어린이들을 입양시키기 위해 감동적인 스토리를 쓰는데, 그게 다 소설같이 허구를 넣어서 쓰는 거래. 그러니까 내 기록 카드도 믿지 못할 수 있어."

세인이가 흥분해서 길길이 뛰었다.

"말도 안 돼! 어떻게 그럴 수가 있어!"

"무엇보다 보여 주지 않으니 그마저도 확인할 방법이 없지."

정식이가 눈을 반짝이며 물었다.

"그게 어디 있는데?"

"몰라. 사무실 금고나 캐비닛 안에 있을 거야. 서류 보관함이 어딘가 있을 텐데, 어디 있는지 알 수도 없고, 볼 수도 없어."

당돌한 세인이가 말했다.

"몰래 꺼내 봐. 네 카드 네가 보는 거니 불법도 아니잖아."

"그렇긴 한데……."

그건 마치 쥐가 고양이 목에 방울 거는 것과 마찬가지 일이었다. 선뜻 할 수 있는 일이 아니었다.

실망한 세 아이를 보며 성운이가 말했다.

"그래서 나는 생각했어."

"무슨 생각?"

"유명해지려고."

"유명해진다고?"

"응. 내가 유명해지려면 지금 당장 할 수 있는 게 유튜버가 되는 거야. 구독자 수가 많아지면 보육원 샘들도 나를 무시하지 못할 거야. 그리고 엄마를 찾기도 쉬울 거고."

확률이 아주 낮은 막연한 희망이었다. 하지만 자신들은 금동 불상까지 찾아내지 않았던가.

"무슨 내용으로 하려고?"

"생각해 봐야지. 내가 읽은 책이나, 글 쓰는 거에 관한 거 가지고 할까 생각 중이야."

세인이가 끼어들었다.

"그걸로 구독자가 생기겠냐? 먹방 찍다가 병원까지 간

내 친구도 구독자가 100명도 안 됐어. 유튜브로 부자 되려다가 환자 되었어. 큭큭!"

"그래도 뭐라도 해 봐야 되지 않겠어?"

네 아이 관심사는 유튜브로 급격히 바뀌었다.

입양 서류

　세인이, 준표, 정식이, 그리고 성운이는 결국 다 함께 유튜브 채널을 시작하기로 결정했다. 채널 이름은 세인이의 제안으로 드라마 제목 '슬기로운 ○○생활'을 패러디해 '즐기러온 국어생활'로 정해졌다. 준표가 좀 오래된, 아빠의 디지털 캠코더를 가져왔다. 수학 인터넷 강의 찍을 때 쓰던 거였다.

　"좀 오래되긴 했지만 이걸로 충분히 촬영할 수 있을 거야."

　일단 카메라가 준비되니까 나머지는 일사천리였다. 촬영 장소로 학교 근처 공원과 독서 클럽 교실을 선택했다. 문제는 첫 촬영이었다. 대본을 작성하는 일부터 큰일이었다.

무엇을 먼저 해야 할지 알 수 없었기 때문이다. 성운이 제안에 따라 저마다 카메라 앞에서 자신을 소개하는 영상부터 내보내기로 했다. 세인이는 자신의 꿈인 뷰티 숍 원장 이야기를, 성운이는 책을 좋아하게 된 계기와 뇌과학을 이야기하기로 했다. 정식이는 자신이 수학을 잘하게 된 비결을 소개하기로 했다.

수요일 오후, 네 아이는 독서 클럽 교실에 모였다. 세인이가 카메라를 세팅했고, 준표는 삼각대를 펼쳤다. 그런다고 모든 준비가 바로 되는 건 아니었다. 조명이 약하다든가 소리가 작게 들린다든가 하는 자잘한 시행착오가 있었다.

이 모든 과정을 마치고 나서 비로소 세인이부터 자기가 써 온 대본대로 자기소개를 했다.

"여러분, 안녕하세요? 녹산중학교 3학년 강세인입니다. 오늘부터 여러분과 재미있는 이야기로 만날 건데요. 저는 뷰티 쪽에 관심이 많습니다. 제가 소개하는 뷰티의 꿀팁들을 통해 여러분도 아름다워지길 기대합니다."

방송 인터뷰를 망친 뒤로 절치부심하며 말하기 연습도 하고 준비를 잘해 온 것이 느껴졌다. 대본을 열심히 쓰고 수백 번 읽고 외워서 매끄러웠다. 마치고 난 세인이는 자존감이 많이 올라온 듯했다. 이어서 성운이와 정식이, 준표가 자신의 이야기를 전했다. 성운이는 두뇌의 비밀을 밝히는 뇌과학자가 되고 싶다고 했다.

"저는 뇌의 비밀 가운데 하나를 풀고 싶어요. 두 개 이상의 언어를 사용하는 사람의 뇌는 어떻게 여러 언어를 구분하고 처리하는지에 대해 많은 연구가 있지만, 완전한 메커니즘은 규명되지 않았습니다. 특히 언어 전환과 코드 스위칭 과정에서 뇌의 어떤 부분이 어떻게 작동하는지는 여전히 공부하는 중입니다. 저는 그런 걸 계속 연구하고 싶어요."

정식이는 수학자가 꿈이라는 자신의 포부를 밝혔다. 압권은 준표였다.

준표는 다른 아이들 촬영이 순조롭게 진행되고 나자 엉뚱한 소리를 했다.

"구독자 여러분. 이 자리에서 충격적인 사실을 공개합니다. 사실 저는 꿈이 아직 없습니다. 이 유튜브를 통해 꿈을 찾아가는 과정을 여러분과 공유하려고 합니다. 많은 관심 부탁드려요."

그런 말이 더 또래들에게 공감을 불러일으킬 거라고 준표는 확신했다.

촬영이 끝난 뒤, 준표는 편집 작업을 맡았다.

"영상 편집은 처음이지만, 열심히 해 볼게."

준표는 영상을 다듬고, 자막과 음악을 추가했다.

세인이는 섬네일 디자인을 맡았다.

"눈에 띄는 섬네일을 만들어야 클릭률이 높아질 거야!"

세인이는 네 아이의 과장 섞인 얼굴을 화면 곳곳에 편집해 붙여 넣어 엉뚱하고 웃긴 섬네일을 만들었다.

모든 준비가 끝난 사흘 뒤 네 아이는 첫 영상을 올렸다.

정식이가 외쳤다.

"드디어 우리가 만든 영상이 올라갔어!"

모두가 흥분하며, 구독자 수와 조회 수가 어떻게 늘어날지 기대했다. 물론 먼저 학교 친구들에게 톡으로 링크를 보내고 일일이 '좋아요'와 '구독'을 눌러 달라고 부탁했다.

"야, 이거 잘되어서 돈 많이 벌면 어떡하지?"

"정확히 사등분해서 나눠 가지면 되지."

기대가 하늘을 찔렀지만, 기대가 크면 실망도 큰 법이었다. 시간이 지나도 조회 수는 거의 늘지 않았다. 하루가 지나도 댓글 하나 달리지 않았고, 구독자 수도 고작 두 명이었다.

세인이가 실망한 얼굴로 고개를 갸웃했다.

"왜 아무도 우리 영상을 안 보는 거지?"

준표는 분석하기 위해 영상을 다시 확인했다.

"섬네일도 잘 만들었고, 편집도 나쁘지 않은데 왜 이렇게 반응이 없는 거지?"

성운이는 자신을 탓했다.

"내가 책을 너무 지루하게 읽었나?"

침묵을 지키던 정식이가 말을 꺼냈다.

"그냥…… 실패한 것 같아. 이렇게 해선 안 되나 봐."

성운이도 고개를 끄덕였다. 정식이는 고개를 숙이고 말없이 한숨을 내쉬었다. 노력한 만큼의 결과를 얻지 못해 크게 낙담한 네 아이는 잠깐 침묵 속에 빠졌다. 아무도 입 밖에 내지는 않았지만, 실망한 나머지 저마다 유튜브를 접어야 하지 않을까 고민하고 있었다.

갑자기 아이디어가 떠올랐는지 세인이가 제안했다.

"성운이네 보육원에서 찍어 보는 건 어떨까? 그런 곳 찍은 유튜브 없지 않아?"

어느새 세 아이는 고아원이라는 말을 쓰지 않게 되었다. 성운이의 존재가 그만큼 긍정적 영향을 미친 것이다.

성운이가 깜짝 놀라며 물었다.

"보육원에서? 그게 괜찮을까?"

세인이는 자신 있게 말했다.

"물론이지! 너희가 보육원에서 사는 이야기와 그동안 거기서 겪은 다양한 경험들을 담으면, 훨씬 더 진정성 있고 흥미로운 이야기가 될 거야. 네가 거기에서 책 많이 읽고, 말하는 거 연습했다며? 게다가 보육원 같은 곳은 잘 알려져 있지 않잖아. 아주 참신하게 보일 수 있지 않을까?"

준표도 고개를 끄덕였다.

"맞아. 사람들이 그런 스토리에 더 공감할 수 있을 것 같아."

정식이도 활짝 웃으며 말했다.

"새로운 환경이라 분위기도 달라지겠네."

하지만 정작 주인공인 성운이는 고민했다.

"안 될 것 같은데."

"왜? 보육원에 대한 편견도 깨고 원에 있는 아이들 자존감도 올라갈 텐데."

"맞아. 성운이, 네가 우리 제목에 맞게 국어 잘하는 아이라는 걸 보여 줄 수 있잖아."

세 아이는 집요하게 성운이를 설득했다. 이토록 누군가를 간절히 설득하려 애쓴 적이 없었다.

며칠 뒤, 마침내 성운이도 고개를 끄덕였다.

"아, 알았어. 말해 볼게. 선생님들께 잘 말씀드리면 허락해 주실지도 몰라."

네 아이는 보육원으로 가기 위한 계획을 세우기 시작했다. 성운이는 보육원 선생님께 허락받아야 하는 막중한 임무를 띠게 되었다.

보육원에서

어느새 세 번째 촬영 날이 다가왔다. 네 아이는 이제 익숙하게 성운이네 보육원으로 갔다.

한 달 전 두근거리는 마음으로 유튜브 촬영을 제안했을 때 보육원 원장님은 한 일주일 고민하더니 받아들였다. 다만 제한된 구역에서만 촬영하는 조건이 붙었다.

촬영 첫날, 성운이는 보육원에 도착하자마자 관광 안내원처럼 설명했다.

"여기가 바로 내가 자란 보육원이야."

세인이는 건물을 훑어보며 말했다.

"새 건물이라 분위기 정말 좋다! 영상 찍기에 딱이야."

세 아이는 보육원 안으로 들어가자마자 선생님들과 인사를 나눴다.

선생님들은 따뜻하게 맞이해 주었다.

"성운아, 친구들이랑 같이 오니 보기 좋구나. 촬영 잘하고 가렴."

성운이는 신나서 보육원 곳곳을 다니며 친구들에게 소개했다.

"여기가 내가 책 읽던 아지트야. 그리고 저기 운동장에서는 형들이랑 축구를 했어."

녹산중 다니는 형석이는 일진 모습은 어디론가 사라지고 촬영을 도우며 동생들을 잘 정리해 주었다. 온순한 원생 그 자체였다. 말투도 달랐다. 학교에서는 말끝마다 욕이어서 마치 가시 돋친 짐승 같았던 아이였는데…….

"야, 형석이 학교에서와는 영 다르지 않냐?"

"여기서 보니 보육원 아이들 돌보는 어미 새 같아."

성운이가 설명했다.

"욕을 하는 건 강해 보이는 게 아니라, 스스로 저열한 사람이라는 걸 내보이는 거라고, 우리말을 품위 있게 구사해야 자신의 삶도 품위 있게 된다고 내가 말했지. 그랬더니 많이 좋아졌어. 전에는 여기서도 동생들에게 막 욕했거든."

준표는 카메라 삼각대를 펼치며 촬영 준비를 하기 시작

했다. 촬영은 보육원 마당에서 시작되었다. 성운이는 보육원에서의 추억들을 하나하나 설명하기 시작했다.

"여기서 처음으로 동화책을 읽었을 때, 세상이 다르게 보였어. 책에 나오는 이야기가 나를 위로해 주었거든."

세인이는 촬영하면서 성운이가 보육원에서 자라며 느낀 이야기들을 담는 게 정말 의미 있는 일이라고 느꼈다. 정식이도 첫 영상부터 다양한 장소에서 찍으니 콘텐츠도 더 풍부해질 것 같다고 생각했다. 이어서 보육원 아이들과 함께 생활하는 장면도 찍기로 했다.

성운이가 동생들에게 다가가 부탁했다.

"너희도 유튜브에 출연할래? 얼굴은 모자이크 처리해 줄게."

"응, 형!"

보육원 아이들이 신나서 축구하는 장면, 책 읽는 장면 등을 자연스럽게 촬영했다. 준표는 촬영 중간중간 그림이 잘 나오면 기뻐했다.

세인이가 눈물을 글썽이며 말했다.

"영상에 활기가 넘쳐서 좋아. 보육원 아이들과 함께라니 더 진정성이 느껴져."

준표, 성식이, 세인이가 보육원 촬영을 하면서 가장 먼저 알게 된 사실은, 보육원에 진정한 의미의 고아가 별로 없다는 사실이었다.

"사람들은 부모 없는 아이들만 보육원에 오는 줄 아는데, 그렇지 않아. 가정 형편이 어려워서 아이들을 맡겨 놓은 부모도 있고, 양쪽 부모 중 한 부모 정도는 연락이 되는 아이들도 많아. 뿐만 아니라, 약간의 지적 장애나 발달 장애 등이 있는 아이들을 키우기 힘들어서 이곳에 데려오는 경우도 있어. 저렇게 어린 아기들도 있잖아."

보육원을 살펴본 세인이는 눈물을 흘리며 말했다.

"그랬구나. 우리는 그냥 드라마에 나오는, 부모가 다 죽었거나 병든 그런 불쌍한 아이들만 생각했었어."

"조금 지내다가 다시 부모에게 갔다가 돌아오는 아이들도 있어. 세상이 많이 변했어. 현장에 와 봐야 진실을 알 수 있지."

정식이가 고개를 끄덕였다.

"문제도 풀어 봐야 답을 알 수 있는 거랑 똑같아. 원인이 없는 결과는 없잖아."

세 아이는 보육원 아이들도 자신들과 크게 다를 바 없는 평범한 아이들이라는 것을 알게 된 것이 의미 있는 일이라고 생각했다.

촬영을 마친 뒤, 네 아이는 보육원 사무실에 들어가 인사를 했다.

"고맙습니다. 첫 촬영 잘했어요."

이미도 선생님이 웃으며 말했다.

"성운아, 네가 이렇게 멋진 영상 작업을 하다니 정말 자랑스럽다. 너희도 고맙고."

그렇게 처음은 어려웠지만 첫발을 내딛고 나니, 다음부터 점점 수월해졌다. 보육원의 이미도 선생님과 아이들도 이제는 유튜브 촬영을 한다고 해서 특별하게 생각하지 않았다. 조회 수가 서서히 늘기 시작했다. 이유는 간단했다. 그동안 중학생 유튜브 콘텐츠에서 보육원의 삶을 진솔하게 다룬 경우는 없었기 때문이다. 톡방과 SNS를 통해 링크가 공유되며, 조회 수는 순식간에 1만, 2만을 넘어섰다.

"야, 이거 봐! 정말 대단하지 않아?"

네 아이는 흥분을 감추지 못했다. '좋아요'도 함께 오르며 알림 설정까지 폭발적으로 늘었다.

네 아이 표정에는 희망과 설렘이 가득했다. 보육원에서도 마찬가지였다. 사회의 관심이 이어졌고, 후원도 늘어나기 시작했다. 하루는 한 복지가 유튜브를 보고 아이들에게 따뜻한 유자차를 먹이고 싶다며 유자청 500개를 보내왔고, 어떤 날엔 양말 공상 사장이 1,000개의 양말을 보내오기도 했다.

네 아이의 유튜브가 선한 영향력을 발휘하는 것을 실감한 보육원 측은 이제 더 이상 촬영을 말리거나 제지하지 않았다. 그것은 단순한 허락이 아니라, 선한 영향력이 가진 놀라운 힘을 직접 눈으로 본 결과였다.

운동장에서 축구 하며 뛰노는 아이들 촬영을 마치고 보육원 안에 들어가 식당이나 체육실을 찍으면서 네 아이는 뿌듯한 마음이 들었다.

세인이는 고개를 끄덕이며 좋은 반응이 올 것 같은 미소를 지었다.

"이번엔 제대로 찍었어! 시설이 새것이라 반짝반짝 다 좋아."

"고맙다. 너희 덕분에 우리 동생들 즐거워했어. 꿈을 가질 수 있을 것 같아. 나한테도 의미 있는 영상이 될 거야."

성운이는 벅찬 가슴을 어쩌지 못하는 표정이었다. 그렇게 보육원 촬영이 한창 진행되던 중이었다. 갑자기 보육원 선생님들이 바쁘게 움직이기 시작했다.

원장님이 황급히 여기저기 둘러보며 지시를 내렸다.

"다들 제자리 지키세요."

예기치 못한 일에 놀란 성운이가 사무실로 달려갔다 돌아왔다.

"무슨 일이야?"

콩닥거리며 기다리던 세 아이가 물었다.

성운이가 설레는 표정으로 말했다.

"이 근처를 지나던 녹산시 시장님이 갑자기 들르겠다고 연락하셨대. 그래서 모신다고 준비하는 거야."

선생님들의 당황한 목소리가 여기저기서 들려왔다.

"아이들 들어와서 옷 갈아입으라고 해요."

"세수도 시켜."

운동장에서 놀던 아이들은 땀투성이가 되어 화장실로 우루루 몰려 들어갔다. 보육원엔 긴장감이 가득 차 있었다.

세인이는 선생님들을 보며 조금은 걱정스러운 표정을 지었다.

"우리는 조용히 껌처럼 착 한쪽에 붙어 있어야겠어."

보육원이 바쁜데 나설 일은 아닌 것 같았다. 조금 뒤 원장님과 보육원 선생님들이 모두 건물 현관 앞으로 달려 나갔다. 슬리퍼 신고 있던 선생님들도 모두 구두로 갈아 신고 원장님도 스커트 차림의 정장으로 갈아입었다.

"와, 시장님이 무섭긴 무서운가 보네."

정식이가 건물 밖을 기웃거릴 때였다.

갑자기 좋은 생각이 떠오른 순표가 조용히 성운이에게 다가가 귀엣말로 속삭였다.

"성운아, 지금이야."

"뭐가?"

"네 입양 카드를 확인해 볼 수 있을 것 같아."

"뭐? 지금?"

성운이는 깜짝 놀라며 뒤로 물러섰다. 가슴이 벌렁거렸다. 선생님들 모두 시장님 접대하느라 사무실이 텅텅 비었다. 이번 기회를 놓치면 언제 다시 볼 수 있을지 몰랐다.

네 아이는 서로 눈빛을 교환하며 계획을 세웠다.

"세인이가 현관에서 바깥 상황을 살펴 줘."

세인이는 아주 태연히 보육원 현관에 가서 영상 통화 화면을 보내왔다. 생중계인 셈이었다. 원장님과 교사들이 한 줄로 서 있는 보육원 입구로 승용차 세 대가 들어오는 게 보였다.

"지금이야. 가자."

나머지 아이들은 사무실 문 앞으로 다가갔다. 문은 잠겨 있지 않았다. 사무실 안으로 들어가자, 숨 막히는 침묵이 그들을 감쌌다. 성운이의 손은 약간 떨리고 있었다.

"카드가 어디 있을까?"

준표의 물음에 성운이가 말했다.

"전에 청소하다 봤어. 오래된 서류는 보관함에 넣더라고."

그때 정식이가 서류 보관함을 발견했다.

"여기야, 여기! 여기에 있을 거야."

조심스럽게 보관함을 당기니 오래된 서류들이 빼곡히 정리되어 있는 것이 보였다.

"조심조심 찾자. 시끄럽게 하면 들킬지도 몰라."

성운이의 심장은 두근거렸고, 준표와 정식이도 긴장한 채 서류를 하나하나 떨리는 손으로 살펴보기 시작했다. 정식이가 들고 있는 영상 통화 핸드폰을 보니 다행히 녹산시장은 보육원 마당에 서서 원장님으로부터 정원의 조경수들에 대한 설명을 듣고 있었다. 아마도 녹산시에서 예산을 배정해 지은 건물이라 이것저것 관심이 많은 듯했다.

"서둘러!"

준표 말에 정식이는 핸드폰을 보관함 위에 얹어 놓고 수학 천재답게 카드들을 살피더니 바로 서류 번호의 패턴을 알아냈다.

"이거 앞의 숫자는 연도고, 그다음 숫자는 남녀, 그다음 숫자는 일련번호, 마지막 숫자는 특정 코드인 것 같아. 성운아, 너, 언제 여기 들어왔어?"

"세 살 때래."

"세 살 때면 2011년이야. 11로 시작하는 숫자 중에 남자는 1이니까…… 찾았다!"

누런 서류철에 들어 있는 서류를 정식이가 꺼냈다. 성운이는 숨을 크게 들이쉬고 그 서류를 받아 들었다. 펼쳐 보니 아기 흑백 사진도 붙어 있었고, 다양한 정보가 적혀 있었다.

그때 정식이 핸드폰에서 세인이 목소리가 들렸다.

"애들아, 서둘러! 시장님이 건물 안으로 들어갔어."

"어떡하지?"

두 아이가 당황해하고 있는데 준표가 기지를 발휘했다.

"정식아! 내 폰으로 빨리 나머지 서류 찍어!"

서류는 몇 장 더 붙어 있었다.

그때 또다시 세인이 목소리가 들렸다.

"안녕하세요, 시장님. 저는 녹산중 방송반 학생인데요. 잠깐 인터뷰 가능할까요?"

화면을 보니 갑자기 세인이가 시장을 붙들고 핸드폰을 들이대고 있었다. 준표는 시간 끌려는 세인이의 대단한 임기응변에 혀를 내두르며 정식이를 재촉했다.

"어서 찍어!"

정식이가 나머지 서류를 급하게 찍었다. 복도가 시끌시끌해지더니 사람들이 몰려오는 소리가 가까워졌다.

"이 학생은 누군가요?"

"아, 이 학생은 우리 보육원 원아와 같은 학교 다니는 친구인데, 오늘 유튜브에 올릴 촬영한다고 놀러 왔습니다."

"어허, 보육원 아이들이 일반 아이들과 친하다니 아주 보기 좋군요. 내가 늘 말하던 함께 사는 세상이 바로 이런 거예요."

쩌렁쩌렁한 시장의 목소리가 울려 퍼지더니 사무과장인 이미도 선생님이 사무실로 들어섰다.

"이곳이 저희 사무실입니다."

세인이는 아직 빠져나오지 못한 세 아이가 걱정되어 어떻게든 사람들이 사무실로 들어오는 것을 막아 보려고 기를 썼다.

"저, 시장님. 녹산중 학생들에게 한말씀 해 주세요. 저희 구독자 수 많아요. 2만 명 넘거든요."

하지만 사무실엔 아무도 없었다. 시장은 천천히 사무실로 들어가며 세인이에게 말했다.

"학생, 미안해요. 나중에. 아, 새 건물이지만 애로 사항은 없으신가요?"

"아주 좋습니다. 근데 새 건물인데도 비 오니까 누수가 좀 있긴 했습니다."

"그건 어느 건물에나 있지요. 예산 지원할 테니 방수 공사하세요."

그때 누군가 세인이의 등을 툭 쳤다. 돌아보니 준표와

정식이가 천연덕스럽게 복도에 서 있었다.

자리를 피하며 세인이가 낮은 목소리로 물었다.

"어떻게 나왔어?"

"정식이가 탕비실로 나오는 길을 알려 줘서 그리로 빠져나왔어."

복도 끝으로 걸어가면서도 세 아이는 긴장이 풀리지 않았다. 세인이는 손까지 다 떨고 있었다.

"이제 나가면 돼. 선생님들 모두 시장님과 함께 있으니 우리가 다녀간 걸 모를 거야."

세 아이가 재빨리 로비를 지나 밖으로 나와 보니 성운이는 다른 문으로 빠져나와 있었다.

"서류 한번 보자."

하지만 정식이 핸드폰에 찍힌 서류들을 본 세 아이는 모두 입이 벌어졌다.

身元不明신원불명 女人여인 遺棄유기

오마트 職員직원의 申告신고로 인해 大山保育院대산보육원으로 移牒이첩되었고 姓名성명과 生年月日생년월일만 記錄기록된 備忘錄비망록이 懷中회중에 있었음.

姨母이모라는 女人여인이 實際실제 親族關係친족관계인지 不明불명함. 有關機關유관기관의 申告신고와 同時동시에 臨時

保護임시보호에 들어감. 法定期間법정기간이 지나도 찾을 수 없고 行政電算網행정전산망을 통해 搜索수색해도 同名異人동명이인인 兒童아동이 너무 많은 關係관계로 姓名성명조차 實名실명인지 不分明불분명함.

뜨거운 관심

 보육원 사무실에서 몰래 서류를 찾아내 찍은 영상은 올릴 수 없었다. 보육원에서 네 아이 채널을 구독하고 있었기 때문이었다. 준표는 채널 맞춤 설정으로 들어가 구독자를 '모두보기' 한 뒤 보육원 선생님들과 아이들을 차단했다. 그러고 나서 성운이의 서류 찾는 장면을 유튜브에 올린 뒤, 큰 기대를 하지 않고 있었다. 하지만 예상과 달리, 영상이 올라간 지 얼마 지나지 않아 조회 수가 급격히 상승하기 시작했다.
 준표가 흥분된 목소리로 말했다.
 "와, 조회 수가 벌써 만 회를 넘었어!"
 성운이는 믿기지 않는 듯 화면을 보며 말했다.

"진짜로? 이게 이렇게 관심을 끌 줄은 몰랐어."

시간이 지날수록 조회 수는 폭발적으로 증가했다. 덩달아 구독자 수도 늘었다.

세인이는 흥분을 감추지 못했다.

"이만 회를 넘었어!"

정식이도 놀라며 말했다.

"우리가 찍은 영상을 이렇게 많은 사람들이 보게 될 줄이야. 정말 대단해! 이번 영상은 탐정 영화 같았어."

하지만 조회 수만큼 댓글도 빠르게 늘어났다. 처음에는 대부분 응원의 메시지였다.

- 너희 정말 용감하다!
- 진실을 알기 위해 노력하는 모습이 멋지다!
- 명탐정 코난인 줄.

성운이는 댓글을 읽으며 뿌듯한 미소를 지었다.

"구독자들이 우리가 한 일을 인정해 주네. 정말 기쁘다."

그러나 곧이어 비난 댓글들도 달리기 시작했다.

- 보육원에서 몰래 서류를 훔쳐 본 게 자랑이냐?
- 저거, 범죄 아니야?

- 너를 버린 게 문제가 아니라 네가 문제 아니냐?

세인이는 댓글들을 보고 얼굴이 굳어졌다.
"뭐야. 왜 이런 댓글이 달리는 거지?"
준표도 인상을 찌푸리며 말했다.
"진실을 알기 위해 노력한 건데, 왜 이렇게 비난하는 거지?"
성운이는 마음이 불편해졌다.
'내가 뭘 잘못한 걸까? 정말로 사람들이 나를 이렇게 생각하는 거야?'
정식이는 고개를 저으며 걱정스러운 목소리로 말했다.
"악플이 너무 많아. 이런 식이면 나중에 우리 영상이 문제가 될 수도 있겠어."
하지만 세인이는 친구들을 위로했다.
"응원하는 댓글도 많잖아. 모두가 우리를 비난하는 건 아니야."
악의적인 댓글들은 점점 늘어 갔고, 네 아이는 일희일비하기 시작했다.
성운이는 혼란스러워했다.
준표가 성운이 어깨를 토닥이며 말했다.
"악플에 너무 신경 쓰지 마. 중요한 건 우리가 진실을 찾아내려 했다는 거야."

세인이도 마음이 복잡했다.

"우리가 할 일은 이렇게 악플에 흔들리는 게 아니야. 이 상황에서 더 중요한 건 진실을 끝까지 밝혀내는 거야."

성운이도 그 말에 힘을 얻었다.

"맞아. 악플에 휘둘리기보다는 우리가 시작한 일을 끝까지 해내자."

네 아이는 악의적인 댓글에 흔들리면서도, 더 큰 진실을 밝히기 위해 다음 계획을 세우기로 결심했다.

"일단 이 서류대로 추적해 보자."

네 아이는 성운이의 과거를 추적하기 위해, 처음 버려졌다는 대산시 오마트로 갔다. 버스 타고 가는 내내 성운이는 창밖을 물끄러미 바라보며 깊은 생각에 잠겼다.

'여기가 내가 버려진 곳이라니······.'

도착하자마자 네 아이는 조심스럽게 주차장을 둘러보았다. 성운이는 기억의 조각들을 떠올리려 애썼다.

"그때 기억은 전혀 나지 않는데······."

성운이는 깊은 한숨을 쉬었다.

준표가 성운이 어깨를 두드려 주었다.

"기억나지 않아도 괜찮아, 성운아. 우리는 그저 사실을 확인하러 온 거잖아."

세인이는 마트 입구를 바라보며 말했다.

"영화 보면 형사들이 CCTV부터 찾잖아. 우리도 그렇게 해 보자. 당시 CCTV나 관련 자료가 남아 있지 않을까? 어쨌든 여기가 중요한 장소니까 뭔가 단서가 있을지도 몰라."

정식이도 동의하며 말했다.

"CCTV는 보관 기간이 있어. 우리가 여기서 단서를 찾을 수 있을까?"

하지만 성운이는 점점 우울해졌다.

"내가 정말 여기 버려졌다는 게 믿기지 않아. 그 이모라는 사람이 왜 나를 두고 갔을까?"

성운이 목소리는 떨렸다. 자신이 기억하지 못하는 과거가 서서히 성운이를 짓누르고 있었다.

성운이는 한숨을 내쉬며 말했다.

"기억나지 않는다는 사실이 더 힘들어."

세인이가 성운이 손을 잡았다.

"기억나는 게 더 힘들지도 몰라. 걱정하지 마. 우리가 같이 찾고 있잖아. 너 혼자가 아니라고."

성운이는 세인이 위로에 잠깐 안정을 찾았다. 네 아이는 마트 내부로 들어가며 성운이의 과거를 추적하기 시작했다. 마트 사무실에 들어가서 자초지종을 설명했다. 성운이가 버려진 곳이 이곳이고, 2011년쯤 일이라는 말을 조심스럽게 꺼냈다.

그러나 사무실 직원은 바빠 죽겠는데 별걸 다 가지고 와서 귀찮게 한다는 듯 고개를 저으며 말했다.

"죄송합니다만, 그 사건에 대한 기록은 저희가 갖고 있지 않습니다. 이미 10년도 더 지난 일이라 관련 자료는 모두 폐기되었을 겁니다."

성운이 얼굴이 실망감으로 가득 찼다. 네 아이는 아쉬운 마음으로 사무실을 나섰다.

준표가 씁쓸하게 말했다.

"뭔가 단서를 얻을 줄 알았는데……."

세인이는 한숨을 쉬었다.

"휴유! 우리가 너무 쉽게 생각한 걸지도 몰라. 10년 넘은 기록을 찾는 게 어려운 건 맞으니까. 10년이면 강산도 변한다잖아."

성운이는 묵묵히 걸으며 아무 말도 하지 않았다. 네 아이는 마트 안에 있는 푸드 코트에서 간단히 밥을 먹었다. 밥을 먹으면서도 성운이는 계속 침묵을 지켰다.

정식이가 조심스럽게 물었다.

"성운아, 괜찮아? 기운 빠져 보이는데……."

성운이는 고개를 저으며 대답했다.

"그냥…… 뭔가 조금이라도 기억을 찾을 수 있을 줄 알았는데, 아무것도 얻지 못해서 실망했어."

세인이가 성운이 말을 이어받았다.

"포기는 배추 셀 때 쓰는 말이라잖니? 우리는 포기하지 않을 거야. 계속 추적하면 분명 단서를 찾을 수 있을 거야."

밥을 먹고 마트 밖으로 나왔는데도 여전히 성운이는 무거운 표정이었다. 그때, 정식이가 마트 앞에 있는 버스 노선표를 보며 말했다.

"중요한 게 하나 있어. 이모라는 사람이 어디서 성운이를 데리고 왔을까? 이 근처에서 온 건 아닐 것 같은데."

준표가 고개를 끄덕였다.

"그러게. 만약 성운이를 버리려고 했다면, 아주 멀리서 데려왔을 가능성이 높지 않을까?"

세인이도 곧바로 반응했다.

"맞아. 멀리서 데려왔다면, 가장 먼 곳에서 오는 버스를 확인해 보는 게 방법일 수도 있어."

아이를 버리는 건 일종의 범죄다. 범죄자는 최대한 먼 곳에 가서 일을 저질렀을 것만 같았다. 네 아이는 추리에 따라 버스 노선표를 유심히 들여다보았다.

"여기 35번 버스가 있네. 대산시 외곽 산성리에서 온다고 돼 있어."

세인이가 눈을 반짝였다.

"산정리? 이름부터가 먼 시골처럼 들리는데?"

"그래. 성운이를 버리고 가려면 멀리서 데려오는 게 의심을 피하기 쉽지 않았을까? 산정리가 가장 먼 것 같아."

성운이는 약간 혼란스러운 얼굴로 말했다.

"산정리? 과연 내가 그곳에서 왔을까?"

세인이가 단호하게 말했다.

"직접 알아보는 것 말고는 방법이 없어. 가만히 있는 것보다는 낫잖아. 우리, 일단 35번 버스 타고 산정리로 가 보자. 그곳에 뭔가 단서가 있을지도 몰라. 확률은 희박하지만 그거라도 해 봐야 하지 않겠어?"

준표도 고개를 끄덕였다.

"맞아. 지금은 이게 우리가 할 수 있는 최선의 추리야."

"그래, 가 보자. 무작정 가는 것 같긴 하지만, 뭔가 찾을 수 있을지도 몰라."

정식이도 동의했다. 성운이는 잠깐 망설였지만, 친구들이 모두 자신을 응원해 주는 것을 보고 결국 고개를 끄덕였다.

"그래, 가 보자. 무작정이라도. 지금은 그게 우리가 할 수 있는 유일한 방법이니까. 원이라도 풀어 보자."

네 아이는 35번 버스를 타기 위해 정류장으로 갔다. 버스가 도착하자 서둘러 버스에 올라탔다. 버스는 대산시를 벗어나 외곽으로 향했다. 창밖으로는 점점 낯선 풍경들이 펼쳐졌다. 시내의 건물들이 사라지고, 탁 트인 시골 풍경이 나타났다.

세인이가 창밖을 보며 말했다.

"생각보다 머네."

준표가 고개를 끄덕이며 대답했다.

"제발 여기에 뭔가 있었으면 좋겠다."

버스는 한참을 달려 산정리에 도착했다. 네 아이는 버스에서 내려 주변을 둘러보았다. 평화로운 분위기와 어울리지 않게 성운이는 여전히 혼란스러워 보였다.

하지만 세인이는 희망을 잃지 않았다.

"뭔가 있겠지. 뭐라도 해 보자."

산정리에서

 산정리는 조용한 시골 마을이었다. 네 아이는 마을을 둘러보며 성운이의 과거와 관련된 단서를 찾으려 했다. 하지만 마을에는 지나가는 사람조차 보이지 않았다.

 성운이는 불안한 얼굴로 주변을 둘러봤다.

 "노인들이 많이 사는 마을 같은데, 10년도 넘은 일을 기억하는 사람이 있을까?"

 정식이가 준표 말에 고개를 끄덕였다.

 "노인정에 가서 물어보는 게 좋겠어. 어르신들 가운데 혹시라도 총기 있는 분이 있을지 모르니까."

 "사피어·워프의 가설은 아직 증명되지 않았어. 언어가 사고를 만드는지 사고가 언어를 만드는지 논쟁 중이거든.

두뇌는 어린 시절에 언어를 잘 학습할 수 있지만, 어른이 된 뒤에도 새로운 언어를 배우고 적응할 수 있다는 말이야. 그러니까 기억하는 분이 계실지도 몰라."

세 아이는 성운이의 어려운 뇌과학 이야기는 무시하고 노인정을 찾아가 어르신들에게 10여 년 전에 있었던 일을 물어보기로 했다. 한참 걷자 커다란 느티나무 옆에 마을 회관이 보였다.

네 아이는 조심스럽게 문을 열고 고개를 들이밀었다.

"안녕하세요? 저희가 2011년쯤 이 마을에서 어떤 아이가 고아원 간 일 없나 알고 싶은데, 혹시 기억나시는 분 계실까요?"

그러나 어르신들은 하나같이 고개를 저었다.

"2011년이라…… 그때는 지금처럼 마을이 조용하진 않았지만, 그런 일은 들은 적 없어."

한 어르신이 입을 떼자 다른 어르신도 안타까운 표정을 지으며 나섰다.

"여기서 그런 일이 있었다면 알았을 텐데, 나는 기억이 나지 않아. 그리고 2011년에도 이 마을에 젊은이는 없었어."

네 아이는 마을 회관에서 얻을 수 있는 정보가 거의 없다는 사실에 실망했다.

예상한 결과였지만 성운이는 점점 더 기운이 빠지는지 한숨을 쉬며 말했다.

"헛수고였나 봐."

세인이가 성운이를 위로했다.

"그래도 포기하지 말자. 계속 찾다 보면 언젠가 단서를 얻을 수 있을 거야."

준표는 유튜브로 실시간 생중계를 하고 있었다. 실시간 시청자가 40명 정도 되었다. 네 아이는 모든 과정을 그대로 촬영하고 있었지만, 실질적인 단서는 하나도 찾지 못한 상태였다.

"사람들이 우리를 응원해 주고 있긴 한데, 성과가 없어서 아쉽네."

노인정에서 나온 네 아이는 힘없이 마을을 빠져나왔다. 성운이는 깊은 좌절감에 빠져 있었다.

산정리에서 돌아온 뒤, 네 아이는 유튜브에 달린 댓글들을 하나씩 확인하기 시작했다. 응원과 격려의 댓글이 많았지만, 여러 가지 은어나 비속어도 섞여 있었다.

정식이가 화면을 보고 인상을 찌푸렸다.

"뭐야, 여기 '그냥 포기해라'라는 식의 댓글도 있네. 그리고 비속어를 쓰면서 막말하는 사람도 있네. 우리도 욕해 줄까?"

준표는 심각한 표정으로 말했다.

"그런 말에 흔들리지 말자. 우리는 국어의 중요성을 알고 있잖아. 욕이라면 세혁이가 짱이지. 그런데 걔, 요즘 욕 안 하더라고."

세인이가 신기한 꼴 다 봤다는 듯 말했다.

"우리라도 바른 말을 써야지. 품격 있거나 어법에 맞는 걸 쓰자. 그러면 우리한테 물들지 않을까? 헤헤!"

성운이도 고개를 끄덕이며 덧붙였다.

"맞아. 우리가 하는 일은 다른 사람들이 더 나은 말을 쓰도록 이끄는 데에도 의미가 있어. 우린 '즐기러온 국어생활'이잖아."

그러고는 댓글마다 바르게 답글을 달기 시작했다.

- 포기하라고 말하지 마세요.
 우리는 성운이의 엄마를 찾기 위해
 최선을 다할 겁니다.

세인이가 댓글을 달며 말했다.
"우리가 어떻게 표현하느냐가 정말 중요해."
정식이는 좀 더 거친 댓글에도 차분하게 답변을 달았다.

- 비속어로 표현하셨지만,
저희는 그 의견도 존중합니다.
하지만 성운이의 엄마를 찾기 위한 우리의 노력은
멈추지 않을 겁니다.

성운이도 정중한 태도로 댓글을 달았다.

- 여러분의 관심에 감사드립니다.
저희는 앞으로도 포기하지 않고 진실을 찾으려 합니다.
많은 응원 부탁드립니다.

네 아이는 차분하게 댓글을 달면서 저마다 점점 더 생각이 깊어졌다.

"이렇게 댓글을 달면서도 느끼지만, 우리가 하는 일이 정말 중요한 것 같아. 그걸 말과 글로 표현하는 것도 무척 중요하고."

준표 말에 세인이가 고개를 끄덕였다.

"그러려면 중심을 잡고 더 예의 바르게 욕설이나 비속어 쓰지 말고 우리 생각을 밝혀야겠어."

성운이는 다음 계획을 고민했다.

"엄마를 찾으려면, 더 많은 사람에게 내 이야기를 알려야 할 것 같아. 어떻게 하면 더 많은 사람이 관심을 가질 수 있을까?"

잠깐 생각에 잠겨 있던 정식이가 말했다.

"영상을 더 많이 찍어서, 성운이의 사연을 조금씩 더 자세히 공개하면 좋을 것 같아. 지금까지의 과정도 충분히 흥미로웠지만, 앞으로 더 많은 사람들이 볼 수 있게 계속 알리자."

세인이도 의견을 덧붙였다.

"맞아. 그리고 유튜브 영상뿐 아니라, SNS나 다른 플랫폼에서도 성운이의 이야기를 공유하게 하면 좋을 것 같아."

준표가 성운이에게 말했다.

"네 이야기가 사람들에게 닿을 수 있도록, 우리가 할 수 있는 모든 방법을 시도해 보자. 지금처럼 정중하게 대응하고, 성운이의 진심을 담아 엄마를 찾는 과정을 계속 보여주면 분명 많은 사람이 도와줄 거야."

성운이는 친구들 응원에 다시 한번 용기를 얻었다. 자신의 이야기가 도마에 오른 생선 같긴 했지만 그 또한 친구들의 애정임은 분명했다.

"그래, 포기하지 않을게. 엄마를 찾기 위해 우리가 할 수 있는 모든 걸 해 보자."

'즐기러온 국어생활'의 주된 목적은 국어에 대한 관심을 끌어올리는 거였지만, 제목에 구애받지 않고 자유롭게 중학생들의 삶을 보여 주는 것도 중요한 목표였다.

새로운 제안

성운이와 준표는 유튜브 대본을 함께 작업하기 위해 책상에 마주 앉았다. 이번 주제는 엑토르 말로의 《집 없는 아이》였다.

성운이가 먼저 대본의 첫 문장을 읽으며 시작했다.

"오늘은 방랑 소년 레미에 대해 이야기하려고 해. 레미는 어린 나이에 고아가 되어 여러 어려움을 겪으며 자라."

준표는 고개를 끄덕이며 성운이를 바라봤다.

"레미 이야기는 정말 감동적이야. 그런데 우리가 강조해야 할 건 뭐라고 생각해?"

성운이가 자신의 의견을 털어놓았다.

"나는 레미가 고아로서 겪는 외로움과, 그럼에도 포기하지 않는 모습을 보여 주고 싶어. 내 어려움을 알리는 것도 우리 채널 콘텐츠니까 그 부분을 집중적으로 다루면 좋을 것 같아."

준표는 메모장을 들여다보며 맞장구쳤다.

"맞아. 레미는 가족 없이 방황하면서도 자신만의 길을 찾으려고 노력하잖아. 그게 중요한 것 같아. 그런데 사람들이 이 이야기를 듣고 공감하게 하려면 어떻게 해야 할까?"

성운이가 잠깐 뜸을 들였다가 말했다.

"우리가 간간이 느끼는 부모 상실의 감정들을 레미의 이야기에 비춰서 말해 보면 어떨까? 나도 어렸을 때 보육원에서 비슷한 외로움을 느꼈거든. 그런 점에서 레미의 이야기와 내 경험을 연결하면 사람들도 더 잘 이해할 수 있을 것 같아."

준표가 고개를 끄덕이며 메모했다. 두 아이는 레미가 처음 고아가 되어 길을 떠나는 장면부터 이야기를 시작해 혼자 남겨졌을 때 느낀 두려움과 불안함을 언급했다. 성운이는 특히 처음 보육원에 왔을 때 비슷한 감정을 느꼈다고 그 부분을 솔직하게 말했다. 울먹이며 하는 성운이 이야기를 듣고 준표가 덧붙였다.

"고아로서 겪는 문제는 단순히 가족이 없는 것만이 아니잖아? 사회적 편견이나 차별도 큰 문제지. 그런 것들도 넣으면 좋겠어."

성운이는 다시 대본을 읽어 보고 그 내용을 추가했다.

"레미는 자신을 받아 주는 가정을 찾지 못하고 길에서 떠도는 동안, 여러 차별과 어려움을 겪습니다. 마치 현대 사회에서 고아들이 겪는 외로움과 차별처럼요."

준표가 성운이의 어깨를 두드리며 말했다.

"좋아. 이건 사람들에게 좀 강하게 다가갈 거야. 그리고 마지막에 어떻게 마무리할까?"

성운이는 잠깐 생각하다가 대답했다.

"레미가 결국 자신의 길을 찾아가는 것처럼, 우리도 포기하지 않고 앞으로 나아가야 한다는 메시지를 주고 싶어. 희망적인 결말을 전하는 거지."

준표는 미소를 지으며 메모를 마무리했다.

"완벽해. 이제 세인이한테 넘기면, 세인이가 촬영 준비를 할 거야. 영상은 우리가 전하고 싶은 메시지를 잘 담게 될 것 같아."

작업이 끝나자 성운이는 깊은 숨을 내쉬며 말했다.

"레미 이야기를 통해 나도 내 감정과 경험을 조금 더 솔직하게 풀어낼 수 있을 것 같아. 그리고 사람들도 우리가 전하는 말에 더 공감할 수 있을 거야."

준표는 성운이에게 따뜻하게 말했다.

"맞아, 성운아. 우리가 하는 이 작업이 많은 사람에게 큰 울림을 줄 거야."

'즐기러온 국어생활'이 청소년 사이에서 큰 인기를 끌기 시작했다. 점점 안정권에 들어서는 느낌이었다.

"형, 이번 레미 이야기 진짜 감동적이었어!"

"너희 유튜브 보면서 우리가 고아에 대해 정말 무식했다는 거 알았어. 계속해 줘!"

긍정적인 반응에 네 아이는 날마다 더 큰 힘을 얻었다. 쉬는 시간마다 아이들이 다가와 격려해 주는 일도 많았다.

심지어 담임선생님까지도 칭찬했다.

"너희 유튜브가 정말 의미가 있구나. 어려운 상황에 처한 아이들 이야기를 다루는 것도 그렇고, 말도 아주 예의 바르게 하네. 다들 국어에 관심을 많이 갖게 될 것 같다. 앞으로도 계속 이어 가길 바란다."

다른 선생님들도 복도를 지나다가 성운이와 친구들을 보면 격려해 주었다.

"유튜브 잘 보고 있어. 너희가 우리 학교 자랑거리야!"

아이들과 선생님들 응원 덕분에 네 아이는 더 큰 책임감을 느꼈다.

세인이가 웃으며 말했다.

"우리, 잘하고 있나 봐!"

준표도 고개를 끄덕였다.

"많은 사람이 응원해 주니까 더 열심히 하고 싶다는 생각이 들어."

성운이는 친구들과 선생님들 격려에 마음이 따뜻해지고 용기가 났다.

"앞으로도 계속 열심히 하자."

어느 날, 수업 시간에 성운이의 휴대폰 진동이 울렸다. 쉬는 시간이 되자 성운이는 재빨리 휴대폰을 확인했고, 깜짝 놀랐다.

"방송국?"

믿기지 않는 듯 성운이는 휴대폰을 다시 들여다보았다. 긴 문자가 와 있었다. 내용은 자기네 방송에 출연해 달라는 거였다.

성운이는 곧바로 친구들한테 달려가 이 사실을 알렸다.

"얘들아, 방송국에서 연락이 왔어! 우리 유튜브 잘 봤다고, 아침 방송에 출연해 달래!"

놀란 세인이가 눈을 크게 뜨고 말했다.

"진짜? 우리가 또 방송에 나가게 된다고? 아, 큰일 났네, 뭐 입고 가지?"

정식이도 신기해하며 휴대폰 화면을 들여다봤다.

"와, 진짜 우리가 방송에 출연한다고?"

준표가 웃으며 말했다.

"이건 진짜 큰 기회야! 우리 이야기를 더 많은 사람에게 알릴 수 있을 거야."

성운이는 긴장된 얼굴로 다시 메시지를 확인했다.

"청소년 유튜버들의 이야기를 듣고 싶다네."

그날 오후, 성운이는 방송 작가와 통화했다. 작가는 성운이의 이야기에 큰 관심을 보였고, 유튜브 채널을 어떻게 시작하게 되었는지, 왜 고아들의 이야기를 다루는지에 대해 물었다. 성운이는 천천히 자신들의 채널이 어떻게 시작되었고, 자신이 보육원에서 자라며 겪은 경험들에 대해 논리적으로 설명했다.

한참 통화한 뒤 인터뷰 말미에 성운이는 조심스럽게 물었다.

"저…… 혹시 방송에서 저희 엄마 이야기를 해도 될까요? 저는 엄마를 아직 찾지 못했는데, 방송을 통해 엄마가 혹시 저를 보실 수 있을까 해서요."

성운이 목소리에는 설렘과 동시에 약간의 불안이 섞여 있었다.

작가는 바로 대답했다.

"물론이죠. 진심에서 우러나온 이야기라면, 많은 사람

에게 감동을 줄 거예요. 저희도 그 부분을 잘 다룰 수 있도록 하겠습니다. 근데 그렇게 하려면 이번에는 성운 군 혼자만 출연해야 할 거예요."

정말 엄청난 기회였다. 성운이는 방송을 통해 더 많은 사람에게 자신의 사연을 알릴 수 있게 되었다. 오랫동안 기다렸던 일이 드디어 이뤄질지도 몰랐다. 성운이는 마음이 설레기 시작했다. 엄마가 방송을 볼 수도 있고, 그걸 통해 자신을 찾을 수도 있겠다고 느꼈다. 방송에서 짧게라도 자신의 이야기를 잘 전달할 수 있도록 열심히 준비해야겠다는 생각이 들었다. 엄마를 찾을 수 있는 기회가 현실로 다가온 것만 같았다.

성운이는 통화를 마치고 친구들에게 달려갔다.

"얘들아, 방송에서 우리 엄마 이야기를 해도 된대!"

세인이가 웃으며 말했다.

"진짜? 그럼 방송을 통해 너희 엄마가 널 볼 수도 있겠네!"

준표도 고개를 끄덕였다.

"근데 우리 엄마 이야기를 하려면 이번에는 나 혼자 출연해야 한다는데……."

잠시 침묵하던 세 아이는 기꺼운 마음으로 방송 출연을 내려놓았다.

"너희 엄마 찾는 게 더 중요하지. 우린 이미 방송 출연해 봤잖아. 준비 잘해서 꼭 엄마 찾도록 해."

방송 출연을 앞둔 며칠 전 성운이는 방송국에서 보내온 대본을 받아 들었다. 처음으로 방송에 나가는 거라 많이 긴장되었지만, 대본을 꼼꼼히 읽기 시작했다. 대본을 읽다가 몇 군데 어색한 부분을 발견한 성운이는 누가 시킨 것도 아닌데 차분히 펜을 들어 고치기 시작했다. 문장을 바꾸고, 말투를 자연스럽게 다듬었다. 고친 대본은 더 진정성이 느껴졌고, 자신이 겪은 고아로서의 경험과 엄마에 대한 그리움이 더 잘 표현되었다. 성운이는 고친 대본을 한 번 더 읽어 보며 생각에 잠겼다.

대본 수정을 마무리하고, 성운이는 조심스럽게 방송 작가에게 문자를 보냈다. 물론 파일도 함께.

> **성운** 저…… 대본을 조금 고쳤는데, 이렇게 해도 될까요?

방송 작가가 한 시간 뒤 문자로 답했다.

> **작가** 와, 성운 군이 고친 부분들이 더 자연스럽고 솔직하게 느껴지네요. 정말 잘 고쳤어요.

> **작가** 이대로 방송해도 되겠습니다. 어쨌든 이 방송은 성운 군이 원하는 것이어야 하니까요.

성운이는 작가에게 칭찬을 받자 안도하며 웃음을 지었다. 통화하는 걸 지켜보던 세 아이는 성운이의 능력에 크게 놀랐다.

세인이가 감탄하며 말했다.

"작가가 쓴 대본을 고치다니……. 정말 대단해."

준표도 놀란 얼굴로 말했다.

"'즐기러온 국어생활'에서 성운이의 국어 실력을 더 잘 활용해야 할 것 같아."

정식이도 고개를 끄덕였다. 방송 작가가 성운이가 고친 것을 보고 바로 인정해 준 걸 보면 진짜 능력이 대단하다는 걸 알 수 있었다. 세 아이는 정말 국어를 잘해야 한다는 걸 새삼 느꼈다. 글을 잘 쓸 줄 알아야 자신들이 하고 싶은 이야기를 제대로 표현할 수 있는 거였다. 중요한 건 진심을 담는 거라고 했다.

성운이가 방송에 출연한다는 소식이 학교와 보육원에 눈 깜짝할 사이에 퍼졌다. 아이들과 선생님들이 큰 관심을 보였다. 아이들은 하루 종일 수군거리며 성운이의 출연 소식을 화제에 올렸다.

새로운 제안

보육원에서도 마찬가지였다.

"성운이가 방송에 나온다면서? 정말 유명해졌네!"

보육원 아이들은 성운이를 자랑스러워하며 응원했다. 성운이는 갑작스러운 관심에 조금 부담이 되었지만, 동시에 전국에 있는 사람들이 자신의 이야기를 들을 수 있다는 생각에 설레기도 했다.

세인이, 준표, 그리고 정식이도 방송국에 같이 가고 싶다고 했다. 그러나 박청강 선생님이 고개를 저으며 방송 응원을 위해 단체 체험 학습 신청하는 건 마땅치 않다고 했다. 게다가 공간이 좁다며 방송국에서는 보호자 한 명만 함께 오라고 했다. 그래서 박청강 선생님이 같이 가게 되었다.

세인이가 조금 실망한 표정을 지었다.

"저는 옷도 샀단 말이에요. 앙!"

준표도 아쉬운 목소리로 말했다.

"우리가 같이 가면 성운이도 더 힘이 날 텐데……."

박청강 선생님은 미소를 지으며 말했다.

"너희 마음은 충분히 알지. 대신 학교에서 방송 보면서 다 같이 응원해 주면 어떨까?"

성운이도 친구들에게 미안한 표정을 지으며 말했다.

"나도 너희랑 같이 가면 좋겠지만, 이번엔 선생님 말씀대로 하는 게 좋을 것 같아. 너희 마음만으로도 충분히 힘이 돼. 고마워."

세인이는 잠깐 망설이다가 고개를 끄덕였다.

"알겠어, 성운아. 우리는 학교에서 방송 보면서 응원할게. 너, 진짜 멋지게 해낼 거야!"

준표도 웃었다.

"맞아, 성운아. 네가 잘 해낼 거라는 거 다 알고 있어. 걱정하지 마."

정식이도 따뜻하게 말했다.

"너만의 이야기로 사람들에게 감동을 줄 수 있을 거야. 어딘가에서 너희 엄마도 분명히 방송을 볼 거야."

성운이는 친구들의 따뜻한 마음을 느끼며 미소 지었다.

"고마워, 너희 덕분에 더 잘할 수 있을 것 같아."

박청강 선생님은 성운이의 어깨를 두드리며 말했다.

"긴장하지 말고 네 이야기를 솔직하게 전하면 돼."

성운이는 기대감에 부풀었다.

방송 그 이후

 성운이가 출연한 프로그램이 방송된 날, 학교에서는 특별히 그 방송을 녹화해 유튜브로 4교시 수업 시간에 틀어 주기로 했다. 아이들은 모두 교실에 앉아 성운이의 모습을 기대하며 화면을 주목했다. 교과 담당으로 들어온 진로 선생님이 재생 버튼을 누르자, 화면에 차분하게 앉아 있는 성운이가 보였다.

 방송은 성운이 이야기로 시작되었다.

- 오늘은 특별한 사연을 들려드릴 학생이 있습니다. 유튜브를 통해 고아들 이야기를 다루고 있는 성운 군입니다.

사회자의 소개가 끝나고, 성운이가 마이크를 잡았다.

성운이는 긴장한 기색 없이 차분한 목소리로 이야기를 시작했다.

- 안녕하세요. 저는 보육원에서 자란 김성운이라고 합니다. 제가 친구들과 함께 유튜브를 시작한 이유는 엄마를 찾기 위해서였습니다.

아이들은 진지하게 성운이의 말을 들었다.

- 많은 아이가 엄마와 함께 살고 있지만, 소중함을 잘 모르는 아이도 있는 것 같아요. 저처럼 엄마를 찾지 못한 아이들에게는 그런 일상이 그리움 그 자체입니다. 그래서 친구들이 엄마의 소중함을 다시 한번 생각해 봤으면 좋겠습니다.

성운이는 자신의 진심을 담아 이야기를 이어 갔다. 아이들은 성운이의 진정성 있는 발언에 깊이 감동해서 가벼운 속삭임 하나 없이 모두 방송에 집중했다. 선생님들도 성운이에게서 눈길을 떼지 못했다.

- 엄마를 찾는 게 목표이지만, 저는 그 과정에서 많은 것을 배

웠어요. 저처럼 어려운 상황에 있는 아이들에게 용기를 주고 싶었고, 그래서 유튜브 채널을 통해 그들의 이야기를 알리기로 결심했습니다.
- 그렇다면 성운 군, 앞으로의 꿈이 무엇인가요?

성운이는 진행자의 질문에 잠깐 생각한 뒤 대답했다.

- 저희 채널이 국어를 즐겁게 배우자는 내용입니다. 뇌과학자가 꿈이긴 합니다만 저는 나중에 작가나 강사가 되어도 좋겠다고 생각합니다. 제 이야기를 책으로 쓰고, 많은 사람에게 직접 강연하며, 누군가에게 용기와 희망을 전하는 사람이 되고도 싶습니다.

성운이 말에 아이들은 작은 탄성을 내뱉었다.
"와, 멋지다!"
친구들은 속삭이며 감탄했다.
"진짜 꿈이 확실하네."
그때 진행자가 방청석에 앉아 있던 박청강 선생님에게 마이크를 넘겼다.

- 성운이는 국어에 재능이 있습니다. 책을 좋아하고, 글쓰기

지는 못하겠지만 우리, 박수 한번 쳐 주자."

아이들은 성운이를 응원하는 박수를 쳤다.

성운이가 방송에 출연한 이후, 학교에서는 국어 열풍이 불기 시작했다. 방송에서 성운이가 국어의 중요성과 글쓰기, 말하기의 가치를 논리 정연하게 풀어내는 모습을 본 아이들은 큰 감명을 받았다. 성운이가 말한 대로 글을 잘 쓰고 표현하는 것이 얼마나 중요한지를 느낀 아이들은 하나둘씩 국어 공부에 관심을 갖기 시작했다.

며칠 뒤에는 새로운 동아리들이 생겼다. 먼저, 성운이의 논리적 말솜씨에 자극받은 아이들이 모여 웅변반을 만들었다. 웅변반에는 예상을 훨씬 뛰어넘는 수십 명의 학생이 몰렸다.

"성운이처럼 사람들 앞에서 말을 잘하고 싶어요!"

또 다른 반응은 한자반으로 나타났다. 성운이가 한자로 대본을 직접 수정해서, 내용을 효과적으로 표현했다는 이야기를 듣고 아이들은 한자 공부의 중요성을 다시금 깨달았다.

"한자 실력이 좋으면 더 깊이 있는 표현을 할 수 있겠구나!"

한자반에도 많은 아이가 모여들었다. 첫 시작 교재가

'마술천자문' 만화책이었다. 뭐가 되었건 한자 공부를 통해 문해력을 높이는 건 좋은 거라고 교장 선생님이 말했다. 뿐만 아니라 문예반도 생겼다. 성운이의 글쓰기에 감명 받은 아이들이 글을 쓰고 발표하는 동아리를 만들었다.

"우리도 성운이처럼 훌륭한 글을 써 보자!"

학생들은 시와 수필, 단편 소설 등을 쓰며 자신들의 감정을 글로 표현하는 법을 배우기 시작했다. 문예반은 곧 학교에서 인기 있는 동아리 중 하나가 되었다.

독서 클럽도 더 활기를 띠었다. 성운이의 방송 출연 이후, 새로운 독서 클럽이 세 개 더 생겼다.

"성운이가 방송에서 소개한 책들을 읽고 싶어!"

"나도 국어 실력 키우고 싶어!"

아이들은 독서를 통해 서로 생각을 나누고, 더 많은 책을 읽기 위해 모였다. 독서 클럽은 활기 넘치는 모임 중 하나로 자리 잡았다.

학교는 이렇게 국어 열풍으로 가득 차 있었다. 아이들이 책을 읽고, 글을 쓰고, 미니 강연 대회를 준비하면서 학교는 더욱 활기를 띠었다. 교실마다 책 읽는 아이들 모습이 자주 보였고, 점심시간에도 책을 읽거나 글쓰기 하는 아이들이 심심치 않게 눈에 띄었다. 선생님들은 미소를 지었다.

그러나 국어 열풍이 불면서 다른 과목 선생님들이 약간

질투를 느꼈다.

특히 수학 선생님은 교무실에서 박청강 선생님을 보면 장난스럽게 말했다.

"선생님, 아이들이 국어에 빠져서 수학은 뒷전이에요! 요즘은 다들 글 쓰고 책 읽느라 바빠서 수학 문제는 손도 안 대려고 하더라고요."

과학 선생님도 미소를 지으며 덧붙였다.

"맞아요. 실험하는 것보다 글쓰기가 더 재미있다고들 하네요. 선생님, 너무 부럽습니다. 아이들이 국어를 이렇게 좋아하게 만들다니! 대단해요."

박청강 선생님은 겸손하게 웃으며 대답했다.

"성운이가 잘해 준 덕분이에요. 아이들이 스스로 국어에 관심을 갖기 시작한 걸 보니 참 기쁩니다."

그러나 박 선생님은 뿌듯함을 감출 수 없었다. 아이들이 국어에 많은 관심을 갖게 된 건 행운이라고밖에는 달리 설명이 되지 않았다. 성운이 이야기가 학교 전체에 큰 영향을 미치면서, 아이들은 공부에 더 열정을 가지고 임했다.

엄마가 나타났다

어느 날, 수업 시간에 갑자기 교실 문이 열리더니 교감 선생님이 들어왔다.

"성운아, 잠깐 나올래?"

성운이는 조금 당황스러운 표정으로 자리에서 일어났다. 준표, 정식이, 세인이도 영문을 몰라 서로 눈을 마주쳤다. 세인이는 준표에게 눈으로 무슨 일인가 물었지만, 알 리 없는 준표는 고개만 갸웃거렸다. '수업을 끊고 교감 선생님이 갑자기 성운이를 불러낸 건 뭔가 중요한 일 때문이겠지.' 하는 정도만 짐작할 뿐이었다.

교감 선생님은 아무 설명도 하지 않고 성운이를 데리고 교무실로 갔다. 교무실에 앉아 있던 중년 여성이 성운이를 보자 미소를 지으며 자리에서 일어났다. 향수 냄새가 코를 확 찔렀다.

"성운이 맞지? 내가 네 엄마야."

성운이는 순간 충격에 빠졌다.

"어, 엄마……라고요?"

여자는 당황해서 말을 잃은 성운이를 다정하게 바라보며 말했다.

"그래. 방송 보고 네가 내 아들이라는 걸 알았단다."

순간 성운이 마음에 복잡한 감정이 밀려왔다. 그토록 찾아 헤매던 엄마가 드디어 나타나다니. 이렇게 전혀 생각지도 못한 곳에서, 생각지도 못한 시간에. 어안이 벙벙한 성운이는 잠깐 말을 잃었다.

그러나 의심스러운 마음도 들어 조심스럽게 물었다.

"저를 어디에서 버렸는지 기억하세요?"

여자는 잠깐 머뭇거리더니 엉뚱한 대답을 내놓았다.

"버리다니? 무슨 소리니? 잃어버렸지. 너를 공원 근처에서 잃어버렸어. 옆에 있던 여자에게 봐 달라고 너를 맡기고 가게에 갔다 왔더니 둘 다 사라졌더라고. 그때는 정말 힘들었단다. 흑흑!"

믿을 수 없는 이야기였다.

"내 몸에 특징이 있으면 말해 보세요."

"네 오른쪽 허벅지에 검은 반점이 있었어."

그 대답을 듣는 순간, 성운이 가슴이 싸늘해졌다.

성운이 표정을 지켜보던 여자는 회심의 미소를 지었다.

"맞지? 맞지? 넌 내 아들이야!"

성운이는 순간 가짜라는 것을 직감했다.

"제가 좋아했던 장난감이나 그때 입고 있던 옷은 기억하시나요?"

성운이는 계속해서 질문을 던졌다. 여자는 점점 당황한 표정을 지으며 말을 잇지 못했다.

"글쎄, 그건 좀 오래된 일이라 잘 기억이 안 나네."

성운이는 이 여자는 엄마가 아니라는 사실을 확신하고 차분하게 교감 선생님을 바라보며 말했다.

"이분은 저희 엄마가 아닌 것 같습니다. 제가 기억하는 사실들과 전혀 맞지 않아요. 제 몸에 반점 같은 건 없어요."

교감 선생님은 성운이 말을 듣고 엄중한 표정을 지었다.

"정말이니? 다시 생각해 봐."

"저희 엄마 아니에요."

교감 선생님은 표정을 바꾸고 단호하게 말했다.

"죄송하지만, 그만 돌아가 주셔야 할 것 같습니다. 더 이상 이 아이에게 거짓말하시면 안 됩니다. 정식 절차를 밟아서 다시 와 주세요."

여자는 그럴 리가 없다고 몇 마디 하더니 슬그머니 교무실을 떠났다.

성운이는 복잡한 마음으로 자리에서 일어났다.

교감 선생님은 따뜻하게 위로했다.

"많이 당황했지? 하지만 잘 대처했어. 나는 네가 진짜 엄마를 만나면 얼마나 좋을까만 생각했다. 미안하다, 경솔하게 널 불러내서……. 진짜 엄마는 언젠가 반드시 찾을 수 있을 거야. 너무 낙심하지 마라."

성운이는 고개를 끄덕였지만, 마음 한구석에 허탈감이 가득했다. 그토록 기다리던 순간이었는데 가짜로 밝혀진 것이다. 성운이는 교실로 돌아가면서 마음을 정리하려 애썼다.

교실로 돌아온 성운이를 본 친구들은 걱정스러운 표정을 지었다.

세인이가 조심스럽게 물었다.

"성운아, 무슨 일이야?"

준표도 안타까운 눈빛으로 성운이를 바라봤다.

성운이는 깊은 숨을 내쉬며 말했다.

"누가 엄마라고 찾아왔는데…… 가짜였어. 엉뚱한 대답을 해서 내가 알아차렸어."

친구들은 한동안 침묵했다.

세인이는 조심스럽게 성운이 어깨를 토닥이며 말했다.

"괜찮아, 성운아. 진짜 엄마는 언젠가 꼭 찾을 수 있을 거야. 너무 실망하지 마."

준표도 성운이를 위로했다.

"그래, 이건 그냥 또 하나의 과정일 뿐이야. 진짜 엄마는 분명히 있을 거야."

정식이도 위로의 말을 덧붙였다.

"우리가 계속 같이 찾을 거잖아. 네가 진짜 엄마를 찾을 때까지 우리가 도와줄게."

성운이는 친구들의 따뜻한 말에 약간 안도하며 고개를 끄덕였다. 하지만 이 사건은 시작에 불과했다. 보육원에도 자신이 성운이 엄마라고 주장하는 사람들이 하나둘씩 나타났다. 어떤 사람은 직접 찾아오기도 했고, 어떤 사람은 편지나 문자를 보내왔다.

"성운아, 또 네 엄마라고 찾아왔어."

보육원 선생님이 소식을 전할 때마다, 성운이 마음은 무거워졌다. 처음에는 기대와 설렘이 섞였지만, 시간이 갈수록 그 기대는 좌절로 바뀌었다. 이런 일들이 반복되면서 성운이는 점점 더 실망하게 되었다. 마침내 친구들에게도 자신의 감정을 잘 털어놓지 않게 되었다.

"이번에도 아니었어."

성운이는 점점 말수가 줄어들었고, 예전처럼 밝지 않았다. 세인이와 준표, 정식이는 그런 성운이를 보고 마음이 아팠다.

"우리가 계속 찾으면, 언젠가 진짜 엄마를 만날 수 있을 거야. 지금까지 해 온 것처럼 꿋꿋이 앞으로 가자."

그러나 성운이는 더 이상 예전처럼 긍정적이지 않았다. 좌절감이 마음속에 깊게 자리 잡기 시작했기 때문이다.

성운이는 보육원 이미도 선생님에게 털어놓았다.

"선생님, 저는 이제 정말로 지쳤어요. 거짓말들을 듣다 보니 희망조차 사라진 것 같아요."

선생님은 성운이를 안타깝게 바라보며 위로했다.

"지금 네가 겪고 있는 이 힘든 시간이 지나면, 언젠가 진짜 엄마가 나타날지도 몰라. 조금만 더 기다려 보자."

하지만 성운이의 마음은 쉽게 회복되지 않았다. 자꾸만 가짜 엄마가 찾아오면서 점점 더 깊은 좌절감에 빠졌다.

며칠 뒤 성운이가 몸이 아프다고 학교에 나오지 않은 날, 세인이와 준표, 정식이는 몹시 걱정했다.

세인이가 근심 가득한 표정으로 말했다.

"성운이, 괜찮은 걸까?"

준표도 걱정스럽게 말했다.

"그동안 성운이가 계속 힘들어했잖아. 방송 이후로 가

짜 엄마들이 자꾸 찾아와서 많이 지친 것 같더라."

정식이가 고개를 끄덕이며 말했다.

"학교 끝나고 보육원에 문병 가자. 우리가 곁에 있어 줘야지."

세인이와 준표도 동의하며 성운이를 위해 작은 선물을 준비했다.

세 아이는 학교 수업이 끝나자마자 성운이네 보육원으로 가서 성운이가 있는 방으로 조심스럽게 들어갔다. 창백한 얼굴의 성운이는 침대에 누워 천장을 바라보고 있었다.

세인이는 눈물을 글썽이며 성운이에게 다가갔다.

"성운아, 괜찮아? 너 보고 싶어서 왔어."

성운이는 힘없이 고개를 돌려 친구들을 바라보았다.

"와 줘서 고마워."

성운이 목소리는 평소와 달리 기운이 없었다.

준표가 두 아이와 함께 준비해 온 선물을 내밀었다.

"이거 먹으면 조금 기운 날 거야. 과일이랑 네가 좋아하는 간식들이야."

정식이도 걱정스러운 눈으로 성운이를 보며 말했다.

"우리가 옆에 있을 테니까 힘내."

성운이는 살짝 미소를 지었지만, 그 미소 뒤에는 여전히 고통이 묻어 있었다. 그것만 봐도 그동안 얼마나 힘들었을

지 알 것 같았다. 계속 가짜들이 나타나니 희망이 좌절로 급변하며 결국 마음이 온통 의심과 회의로 가득 찬 거였다.

준표가 성운이 손을 잡으며 조용히 말했다.

"이렇게까지 고통스러울 줄은 몰랐어. 정말 미안해."

성운이는 눈을 감으며 한숨을 내쉬었다.

세 아이는 문병을 마치고 보육원을 나서며 모두 걱정스러운 표정으로 걸었다.

세인이가 한숨을 쉬며 말했다.

"정말 많이 힘든 것 같아 보이던데."

준표도 고개를 끄덕였다.

"난 그냥 성운이가 스스로 잘 이겨 낼 줄 알았는데……."

깊은 생각에 잠겨 있던 정식이가 말했다.

"우리가 그냥 응원하는 것만으론 부족한 것 같아. 뭔가 실질적으로 성운이를 기운 나게 할 방법이 필요해."

세인이는 고개를 끄덕였다.

"맞아. 그런데 그게 뭘까? 성운이의 마음을 다시 일으켜 세울 수 있는……."

준표가 한참 생각하다가 말했다.

"우리 성운이가 신날 일을 해 보자. 녀석은 국어를 잘하니까 국어를 이용해서 할 게 있을 거야."

"국어라면 뭐가 있지? '세상에 신기한 일'에 나갈 수도 없고."

"우리말 퀴즈 같은 거 없을까?"

순간 세 아이 눈에서 불이 켜졌다. 바로 그거였다. 아침 방송 작가의 전화번호를 박청강 선생님께 알아내 문자를 보냈더니 바로 답이 왔다.

> **작가** 성운이가 많이 힘들겠군요.
> 그래도 이렇게 좋은 친구들이 있어서 다행이에요.
> 방송국에도 계속 성운이 엄마라는 사람들이
> 연락해 오는데 저희가 걸러 내고 있어요.
> 성운이가 빨리 회복할 수 있는 방법이라······.
> 우리 피디 님이 '우리말 한판'에
> 도전해 보는 건 어떨까 하시네요.

> **세인** '우리말 한판'요?
> 그거 퀴즈 프로그램 아닌가요?

> **작가** 맞아요. 우리말과 국어 실력을 겨루는
> 퀴즈 프로그램이에요.
> 성운이는 국어에 재능이 있으니
> 잘할 수 있을 거예요.

작가 성운이가 충분히 기운을 낼 수 있지 않을까요?

세인 성운이에게 말해 볼게요. 고맙습니다!

문자를 마치자 세인이가 흥분했다.

"이 정도면 성운이한테 큰 동기가 될 것 같은데! 성운이가 여기 나가서 국어 실력을 발휘하면 자신감을 되찾을 수 있을 거야. 게다가 상금까지 받으면 엄마 찾는 데 도움도 될 수 있지 않겠어?"

세 아이는 성운이에게 소식을 전하기로 마음을 모았다.

'우리말 한판' 예심

 몇 주 뒤, 성운이는 책상에 앉아 표준국어대사전을 펼쳤다.
 "대체 이걸 언제 다 외우지?"
 막막한 마음으로 책장을 넘기던 성운이는 한숨을 쉬면서 핸드폰을 집어 들었다. '우리말 한판' 출연을 결심한 지 한 달이 지났지만, 성운이는 아직도 제대로 된 공부 방법을 찾지 못했다. 그래서 머리를 식힐 겸 하는 일이 톡방에 자기가 공부한 것을 문제로 내는 거였다. 성운이는 바로 톡방에 메시지를 남겼다.

> 성운 오늘의 문제!

> **성운** '강원도' 사투리로 우물물 푸는 게 무엇이게?

친구들은 금방 반응을 보였다.

> **준표** 음…… 두레박?

> **세인** 바가지

> **정식** 물그릇

성운이는 그럴 줄 알았다는 듯 바로 땡 이모티콘을 붙이고 정답을 알려 주었다.

> **성운** 정답은 '매달이'야!
> 이게 강원도에서 '두레박'을 부르는 말이래.

> **정식** 뭐가 뭔지 하나도 모르겠어.

> **세인** 사투리도 나오나?

친구들과 문제를 주고받으며 성운이는 마치 게임을 하

듯 즐거움을 느꼈다. 틀린 친구들에게는 땡 이모티콘을 보내고, 정답을 맞힌 친구에게는 기립박수 이모티콘을 보냈다. 성운이는 점점 문제 내는 재미에 빠져들었고, 그러다 보니 '우리말 한판'에 나간다는 스트레스가 조금 줄어드는 것 같았다. 그러다 문득 노트북을 켜고 '우리말 한판' 다시 보기를 검색했다. 과거 문제들이 어떻게 나왔는지 궁금했기 때문이다. 2019년 이전 방송을 찾아 다시 보기 시작했다. 방송에 나온 문제를 하나하나 정리하며 아이패드에 단어장을 만들기 시작했다. 단어 옆에는 품사와 설명 등을 자세히 적어 놓고 플래시 카드로 정리했다.

다솜 – 명사. 애틋하게 사랑함
온새미 – 명사. (흔히 '온새미로' 꼴로 쓰여) 가르거나 쪼개지 아니한 생긴 그대로의 상태. 자연 그대로, 언제나 변함없이
가온누리 – 명사. 세상의 중심. 가운데를 뜻하는 가온과 세상을 뜻하는 '누리'의 합성어.
마루 – 명사. 산의 꼭대기

"이건 다 순우리말이네."

성운이는 공부의 리듬을 타기 시작했다. 날마다 방송을 보며 적어 둔 단어를 굿노트에 정리했고, 친구들과 문제를

주고받는 놀이도 꾸준히 이어 갔다. 덕분에 우리말 실력이 조금씩 좋아졌다. 무엇보다 어휘력이 부쩍 늘었다. 사전 앱에서 날마다 우리말 퀴즈를 풀면서 조금씩 자신감도 붙기 시작했다. 이제 '우리말 한판'은 성운이에게 더 이상 벽처럼 느껴지지 않았다. 꾸준히 하다 보면 해낼 수 있겠다는 생각이 들었다.

친구들이 권하던 때를 돌이켜 보니 얼굴이 달아올랐다.

성운이는 친구들 기대에 부응하지 못할까 두려웠다.

"'우리말 한판'에 내가? 무리야, 절대 못 해. 그런 대회에 나갈 자신 없어. 그건 똑똑한 사람들이 하는 거잖아. 작가들도 나오고 국어 선생님도 나오셨다가 떨어지더라고."

"넌 해낼 수 있어!"

친구들은 설득하려 했지만, 성운이는 끝까지 고개를 저었다.

"예선도 통과 못 하고 창피만 당할 거야."

극구 부인은 극구 찬성일 수도 있었다. 성운이는 가슴이 벌렁거리는 걸 들킬까 봐 두려웠다. 그렇게 가슴 벅차 본 적이 없었기 때문이다. 게다가 상금까지 있지 않은가. 그리고 어려서부터 어린이 신문이나 잡지의 낱말 퍼즐에 빠져들었던 자신이 떠올랐다. 관심 없는 척했지만, 사실 마음

한구석은 조금씩 흔들리고 있었다.

그래도 성운이는 고집을 부렸다.

"난 그저 학교만 잘 다닐 거야."

하지만 친구들은 쉽게 포기하지 않았다.

"잘 생각해 봐. '우리말 한판' 상금이 꽤 많다던데, 그거 받으면 보육원 동생들한테 도움 줄 수 있잖아. 너, 우리가 금동 불상 찾아내서 포상금 받은 거 부러워했잖아. 내가 다 알아. 그 얘기할 때 네 눈이 반짝였어."

성운이는 잠깐 멈칫했다. 보육원에서 자란 성운이에게는 무게가 있는 말이었다. 보육원 동생들은 늘 성운이 마음 한구석에 있었다.

"동생들? 글쎄……."

성운이는 잠깐 생각에 잠겼다. 상금을 받아 동생들에게 좋은 선물을 사 줄 수 있다는 생각이 머릿속을 스치고 지나갔다. 하지만 여전히 불안했다.

"내가 잘할 수 있을까?"

친구들은 멈추지 않았다.

"방송에 나가면 전국적으로 얼굴이 알려질 수도 있어. 그러면 혹시 네가 찾고 있는 진짜 엄마가 방송을 보고 연락해 올지도 모르잖아."

이 말이 성운이의 마음을 완전히 흔들었다. 가짜 엄마

들에게 시달리던 성운이 마음에 다시 파문이 일었다.

준표는 진지한 표정으로 말했다.

"그래. '우리말 한판'은 전국에 방송되니까 엄마가 볼 가능성도 높아."

성운이는 다시 곰곰이 생각했다. 어쩌면 그게 진짜 엄마를 찾게 하는 열쇠가 될지도 몰랐다. 방송에 나가서 실수할까 봐 두려웠던 감정은 어느새 조금씩 사라지고, 새로운 가능성이 성운이 머릿속을 가득 채웠다.

세인이가 다정하고 촉촉한 목소리로 쐐기를 박았다.

"진짜 엄마를 찾을 수 있는 방법이 있다면, 시도라도 해 봐야 하지 않겠어?"

성운이는 친구들의 진지한 표정에서 진심을 느끼고 이윽고 결심했다.

"알겠어. 한번 해 볼게."

친구들은 환호성을 질렀다.

"야호! 우리가 도와줄게."

"그런 건 혼자서 하는 게 아니야."

성운이는 친구들 말에 용기를 얻었다. 상금을 받으면 동생들에게도 큰 도움이 될 것이고, 진짜 엄마를 찾을지도 모른다는 새로운 희망에 마음이 벅차올랐다. 상금을 받아 동생들에게 좋은 일을 해 주는 장면도 머릿속에 떠올랐다. 엄마를 찾을 가능성, 동생들을 도울 기회, 그리고 친구들의 응원이 성운이 마음을 완전히 바꾸어 놓았다.

한 달 뒤 예선 치르는 날, 성운이는 아침 일찍부터 긴장된 얼굴로 녹산 방송국 강당에 모습을 드러냈다. 떨리는 마음을 애써 다독이며 가방을 챙기는 성운이 옆에는 친구들이 있었다.
"너무 걱정하지 마. 너, 엄청 열심히 공부했잖아!"
친구들은 성운이의 어깨를 토닥이며 격려했다.
하지만 여전히 긴장한 성운이는 작게 한숨을 내쉬었다.
"그래도 시험이라는 게 어떻게 될지 모르잖아."
프로그램의 인기를 반영하듯 생각보다 큰 시험장에 많은 사람이 있었다.
성운이는 시험장에 들어서며 주변을 둘러보았다.
"다들 나보다 똑똑해 보이네······."
살짝 주눅이 들었지만, 친구들이 곧바로 용기를 북돋아 주었다.
"네가 얼마나 많이 준비했는지 우린 알아. 자신감을 가지!"
그 말을 듣고 성운이는 살짝 미소를 지으며 마음을 다 잡았다.

"그래, 할 수 있어. 지금까지 해 온 게 있잖아."

성운이는 시험장 입구에서 친구들과 헤어져 정해진 강의실로 들어갔다. 이내 감독관이 들어오고 시험지가 배부되자, 성운이는 깊은 숨을 들이쉬었다. 시험 문제는 예상했던 것처럼 다양한 맞춤법과 어휘에 관한 것들이었다.

첫 문제를 읽은 성운이가 속으로 중얼거렸다.

'결제決濟'는 '돈을 지불하고 거래를 마무리하는 것', '결재決裁'는 '상급자가 계획이나 서류를 승인하는 것'. '바래다'는 '빛이나 색이 희미해지거나 변하는 것', '바라다'는 '어떤 일이 이루어지기를 희망하는 것'…….'

첫 문제는 친구들과 복습했던 내용이라 쉬웠다. 성운이는 바로 다음 문제로 넘어갔다.

두 번째 문제는 이거였다.

"왜각대각과 외각대각 중 맞는 표현은?"

이것도 복습할 때 친구들과 많이 다뤘던 내용이었다. '왜각대각'이라는 답을 고르며, 성운이는 자신이 틀리지 않았다는 확신이 들었다. 그동안 해 온 노력들이 머릿속에서 선명하게 떠올랐다. 성운이는 문제를 풀어 가면서 점점 자신감이 붙기 시작했다.

다음 문제는 조금 어려웠다.

"귀동냥의 뜻은?"

성운이는 고민했지만 곧 답을 찾았다. 귀동냥은 어깨너머로 배우는 것을 뜻한다는 걸 떠올리며 성운이는 서둘러 답을 적었다. 문제를 하나하나 풀어 가면서, 성운이는 그동안의 공부가 헛되지 않았다는 생각이 들었다. 모든 문제가 친구들과 공부하면서 다뤘던 내용들이기 때문이었다.

한 시간 뒤 시험을 마치고 나오는 길, 성운이는 밝은 얼굴이었다.
"어땠어? 잘 봤어?"
친구들이 묻자 성운이는 미소 지으며 고개를 끄덕였다.
"응, 생각보다 잘 본 것 같아. 문제들이 다 너희랑 공부했던 것들이었어."
친구들은 환호성을 지르며 성운이를 둘러쌌다.
"우리가 뭐라고 했어! 넌 할 수 있다니까!"
성운이도 그제야 긴장이 풀린 듯 웃음을 터뜨렸다.
"너희 덕분이야. 진짜 고마워."
시험 결과 발표는 다음 날이었다. 성운이는 초조하게 기다렸다. 마침내 결과가 문자로 왔을 때, 성운이만 본선 진출 자격을 얻었음을 알게 되었다.

**우수한 성적으로 예선을 통과한 김성운님 축하드립니다!
방송 출연 날짜 정해지면 다시 연락드리겠습니다.**

성운이의 작은 승리 뒤에는 준표, 세인이, 그리고 정식이의 응원과, 그동안 쌓아 온 노력이 있었다.

최종 결승

 본선 녹화 날 아침, 성운이는 마구 뛰는 가슴으로 서울 여의도에 있는 방송국 앞에 도착했다.
 성운이는 건물 입구를 바라보며 한숨을 내쉬었다.
 "드디어 이날이 왔구나."
 '우리말 한판' 출연자들을 위한 안내판이 눈에 들어왔지만, 발걸음이 쉽게 떨어지지 않았다. 이 대회를 위해 몇 개월 동안 준비했지만, 막상 와 보니 떨림이 가시지 않았다. 함께 방청하러 온 세인이, 준표, 정식이가 성운이를 보고 있었다.
 세인이는 밝은 미소를 지으며 성운이 손을 잡았다.
 "넌 할 수 있어. 우리가 널 얼마나 믿고 있는지 알지?"

성운이는 살짝 미소를 지었다.

"그래, 맞아. 여기까지 왔는데, 잘할 수 있겠지?"

준표는 성운이의 어깨를 툭툭 두드리며 농담을 던졌다.

"야, 우승하면 우리한테 치킨 쏴야 한다!"

성운이는 그 말을 듣고 웃음을 터뜨렸다.

정식이는 진지한 얼굴로 성운이에게 말했다.

"넌 정말 준비 많이 했어. 방송에 나온 기출 문제들까지 다 복습했잖아."

성운이는 고개를 끄덕였다. 친구들의 격려가 큰 힘이 되고 있었던 거다.

"맞아…… 내가 해 온 걸 생각하면, 조금은 자신이 생기네."

녹화가 시작되기 전 방청석으로 가던 세인이, 준표, 정식이는 마지막으로 손을 흔들며 성운이를 응원했다. 성운이는 친구들의 따뜻한 응원에 미소를 지으며 출연자 대기실로 들어갔다. 방청석에 앉은 세인이는 두근거리는 마음으로 무대를 바라봤다. 평소 세인이답지 않게 수다도 떨지 못하고 있었다. 무대에 성운이가 등장하자, 세 아이는 숨을 멈추고 성운이만 쳐다봤다. 화려한 조명이 들어오면서 여자 아나운서가 나와 인사하는 것으로 녹화가 시작되었다.

- 대한민국의 자존심. 우리말 사랑은 우리나라 사랑!
안녕하세요? '우리말 한판' 시간이 돌아왔습니다.

박수 소리와 함께 시작된 겨루기는 가벼운 기본 문제부터 풀었다. 출연자 네 명은 저마다 실력을 뽐내며 불꽃 튀는 대결을 이어 갔다. 성운이가 문제를 맞히면 친구들은 통일이라도 된 것처럼 방송국이 떠나갈 정도로 함성을 지르며 자리를 박차고 뛰어올랐다. 반면에 틀리면 땅이 꺼지도록 한숨을 쉬었다.

오죽하면 진행자가 언급할 정도였다.

"김성운 군 응원단은 일당백이네요. 호호!"

성운이 맞은쪽에는 고등학교 국어 선생님인 이정민 씨와 출판사 직원인 한해숙 씨, 그리고 서점 주인인 조은희 씨가 서 있었다. 세 사람 모두 나이가 성운이보다 많고, 경험도 많은 듯 보였다.

성운이는 잠깐 주눅이 들었지만, 곧 마음을 다잡고 문제 풀이에 집중했다.

'나도 준비 많이 했으니까, 최선을 다해 보자.'

첫 번째 문제기 니왔다.

- '쪼로니'와 '쪼르니' 중 맞는 표기는?

성운이는 문제를 보는 순간 마음이 놓였다. 비교적 작은 것들이 가지런히 줄지어 있는 모습을 뜻하는 이 말은 담임선생님 말버릇이었기 때문이다. 그래서 자신 있게 답을 골랐다. 하지만 나머지 사람들도 망설이지 않고 바로 답을 골랐다. 모두가 정답이었다.

두 번째 문제는 조금 더 어려웠다.

- '떼어 놓은 당상'과 '따 놓은 당상' 가운데 맞는 표현은?

성운이는 잠깐 헷갈렸다. 떼어 놓는 건 벼슬을 주는 사람의 입장이고 따 놓는 건 과거 시험 보는 사람의 입장이었다. 벼슬은 주기로 결정하는 것이었다. 게다가 박청강 선생님이 녹산중에 오던 날 독서와 습관의 중요성을 말하면서 "떼어 놓은 당상."이라고 한 것이 기억났다. 받는 자가 따는 게 아니라는 생각이 들어 재빨리 '떼어 놓은 당상'의 버튼을 눌렀다. 다른 도전자들도 거의 동시에 답을 선택했다. 정답은 '떼어 놓은 당상'이었다.

문제는 점점 더 어려워졌다.

- 다음 중 순우리말이 아닌 것은?

1. 처마   2. 마루   3. 수라   4. 고을   5. 누리

처마 : 지붕이 집의 벽을 따라 바깥으로 내민 부분. 비나 햇빛을 막아 준다
마루 : 집 안에서 바닥을 높게 만든 공간. 주로 거실처럼 사람들이 모이는 곳
수라 : 임금이 먹는 밥이나 반찬
고을 : 조선 시대에 지방 행정 구역을 이르던 말
누리 : 세상이나 세계

쓰임이나 어감 때문에 순우리말로 착각하기 쉬운 한자어가 있을 것이었다. 성운이는 보기를 보며 고민했다. 이번엔 찍는 수밖에 없었다.

'에라 모르겠다. 궁궐에서 쓰던 말이니까 한자어일 거야. 3번'

3번 버튼을 누르고 떨고 있는데 다행히 정답이었다. 하지만 출판사 직원인 한해숙 씨와 서점 주인인 조은희 씨는 오답을 골랐다. 성운이와 이정민 선생님만 정답을 맞히며 조금 앞서 나갔다. 다음 문제에서 이정민 선생님이 빠르게 손을 들며 정답을 외쳤다. 성운이는 당황했지만, 실수를 만회하기 위해 다음 문제에 더 집중했다. 프로그램은 진행되

면서 열기를 더해 갔다. 마지막 문제는 성운이에게 큰 압박감으로 다가왔다.

 - 다음 문장에서 부사로 사용된 단어는?

 호리호리한 그녀의 사뭇 아리따운 얼굴에는 잔잔하고 고요한 미소가 가득했다.

 그동안 가장 많이 연습한 유형이었다. 성운이는 답안 패드에 재빨리 적었다.
"사뭇."
 답을 열어 보니 이정민 선생님도 같은 답을 골랐다. 무대가 한순간 조용해졌다.
 진행자가 천천히 답을 발표했다.

 - 정답은…… 사뭇입니다!

 성운이는 숨을 내쉬며 안도의 미소를 지었다. 마지막 문제까지 치열한 접전이었지만, 결국 성운이는 우수한 성적으로 예선을 통과했다.
 상금 1,000만 원이 걸린 최종 결승전이 시작되자 성운이는 방금 전까지의 자신감이 조금씩 사라지는 것 같았다. 무대 위에는 성운이와 이정민 선생님이 올랐다.

성운이는 떨리는 두 손을 모아 잡고 마음을 다잡으려 애썼다.

'여기까지 온 것도 대단한 거야. 할 수 있어. 끝까지 최선을 다하자.'

첫 번째 문제는 비교적 쉬웠다. 성운이는 자신 있게 답을 선택하며 정답을 맞혔다. 하지만 이정민 선생님도 마찬가지였다. 점수는 여전히 팽팽했다. 시간이 지나면서 문제는 점점 어려워졌다. 한참 뒤, 결승전의 긴장감은 최고조에 이르렀다. 성운이 손에는 점점 더 땀이 차기 시작했다.

그리고 운명의 마지막 문제가 나왔다.

- 다음 중 은유적 표현이 들어가지 않은 문장은?

1. 초저녁 하늘에 떠 있는 달은 마치 고요히 웃는 은빛 고양이 같았다.
2. 초저녁 하늘의 달은 고요히 웃는 은빛 고양이다.

성운이는 문제를 보며 혼란스러웠다. 갑자기 머릿속이 하얘지며 문장 수사법이 뒤엉켰다. 결국 1번을 들고 말았다. 마음속에선 불안감이 커졌다. 사회자가 답을 발표했다.

- 정답은······ 2번입니다.

"안타깝습니다. 1번은 직유법을 썼습니다."
쉬운 거였다. 심지어 중간고사에서 정식이와 세인이에게 가르쳐 준 문제였다. 그런데 직유, 은유, 환유, 비유 등의 다양한 수사법들의 의미가 뒤엉켜 그만 혼동이 일어났다. 심장이 철렁 내려앉는 것 같았다. 고개를 숙였다. 옆에서 이정민 선생님이 기뻐하는 모습이 보였지만, 성운이는 그저 멍하니 무대를 바라볼 뿐이었다.
결국 성운이는 마지막 문제에서 탈락하고 말았다.
'비록 우승을 차지하지는 못했지만, 그래도 여기까지 온 게 어디야.'
성운이는 씁쓸한 미소를 지으며 자신을 위로했다.

녹화가 끝나자 성운이는 무거운 발걸음으로 무대 뒤로 내려왔다. 마지막 순간의 아쉬움이 남았지만, 담담하게 결과를 받아들이려 애썼다. 그러나 방청석에 있던 세인이는 달랐다. 성운이가 우승하지 못했다는 사실에 가슴이 찢어지는 것만 같았다.

"성운아……."

세인이는 눈물을 참지 못하고 그 자리에서 펑펑 울기 시작했다. 준표와 정식이가 세인이를 달랬지만, 눈물은 멈추지 않았다.

성운이가 다가오자 세인이는 울먹이며 말했다.

"너, 너무 잘했는데 왜, 왜 마지막에 떨어졌어?"

"괜찮아, 세인아. 나는 최선을 다했어."

성운이 목소리는 조용하고 따뜻했다. 세인이는 흐느끼며 우승했어야 한다고 계속 말했다.

그러나 성운이는 이미 초월한 듯 고개를 저었다,

"우승이 중요한 게 아니야. 내가 최선을 다했다는 사실이 중요해. 그리고 여기까지 온 것만으로도 충분해. 너희가 도와주지 않았더라면 여기까지도 못 해냈을지 몰라."

인터뷰 카메라가 다가왔다. 카메라 앞에 선 성운이에게 사회자가 물었다.

"결승에서 아쉽게 2등을 한 성운 군, 소감 한 말씀 부탁드립니다."

성운이는 잠깐 생각에 잠겼다. 그리고 담담하게 입을 열었다.

"사실 저는 여기 나오면 엄마를 찾을 수 있을지도 모른다는 생각을 했어요. 방송을 통해 엄마가 저를 알아볼 수도 있겠다고……."

인터뷰를 지켜보던 사람들이 갑자기 조용해졌다.

성운이는 잠깐 말을 멈추고 숨을 고르며 계속했다.

"하지만 이제는 더 이상 엄마를 찾지 않으려고요. 엄마가 날 찾지 않은 건 다 이유가 있겠죠. 제가 2등 한 것도 이유가 있는 것처럼요. 이제는 그걸 받아들이기로 했어요."

목소리는 담담했지만, 말에는 깊은 결심이 담겨 있었다.

사회자가 놀란 표정으로 물었다.

"앞으로 어떤 계획이 있으신가요?"

성운이는 잠깐 미소를 지으며 답했다.

"이번에 2등 상금으로 받은 300만 원은 보육원에 기부하려고 합니다. 저처럼 가족이 없는 아이들에게 조금이나마 도움이 됐으면 해요."

사람들은 다시 숙연해졌다.

사회자는 감동한 표정으로 말했다.

"정말 대단한 결정이네요. 성운 학생, 그동안 고생 많으셨습니다."

성운이는 고개를 숙이며 말했다.

"감사합니다. 여기 나오려고 준비하면서 많은 걸 배웠어요. 그리고 이렇게 좋은 기회를 주셔서 감사드려요."

인터뷰가 끝나고 무대를 내려오는 성운이에게 친구들

이 달려왔다.

　세인이는 여전히 눈물이 맺힌 눈으로 성운이를 바라보며 미소를 지었다.

　"성운아, 정말 잘했어. 너무 자랑스러워."

　성운이는 웃으며 말했다.

　"이제 끝났으니 다 같이 치킨 먹으러 가자! 내가 쏠게!"

　친구들은 환호하며 성운이를 따라나섰다.

새로운 꿈들

준표, 정식이, 세인이는 학교 대표로 성운이네 보육원에 갔다. 후배들을 위해 학교에서 사들인 책을 전달하는 날이었다.

박청강 선생님이 차에 시동을 걸며 말했다.

"오늘 정말 뜻깊은 날이네. 우리 제자들이 보육원 친구들에게 도움을 주다니. 아주 기분이 좋아."

정식이가 고개를 끄덕이며 맞장구쳤다.

"맞아요. 근데 성운이가 먼저 기부하고 우리도 동참하게 됐잖아요. 성운이, 참 대단해요."

세인이는 미소를 지으며 창밖을 바라봤다.

"보육원 아이들이 기뻐할 생각에 설레. 난 주로 여자애들이 좋아할 책으로 골랐어. 헤헤."

보육원에 도착하자, 아이들이 운동장에서 놀고 있는 모습이 보였다.

원장님이 반갑게 맞았다.

"정말 감사합니다. 아이들에게 큰 도움이 될 거예요."

전달식이 시작되었고, 준표가 대표로 책에 대한 설명을 했다.

"짧게 말씀드릴게요. 이 책을 읽고 동생들이 더 큰 세상을 맛보면서 건강하고 활기차게 자라날 수 있게 되길 바랍니다."

아이들은 환호성을 지르며 기뻐했다. 정식이는 뿌듯한 마음에 조용히 미소를 지었다.

도서 전달식이 끝나자, 보육원 원장님이 세 아이를 불러 세웠다.

"전달식에 와 줘서 정말 고마워요. 혹시 우리 원아들에게 여러분의 꿈을 이야기해 줄 수 있나요? 우리 아이들은 꿈이 약해요. 평범한 중학생인 여러분이 이렇게 좋은 일을 하는 걸 보면 분명히 아이들에게 도움이 될 것 같아요."

세 아이는 갑작스러운 요청에 당황했지만, 서로 눈짓을 주고받으며 웃었다.

세인이가 먼저 나서서 마이크를 몇 번 두들겨 본 뒤 말했다.

"안녕하세요. 저는 강세인이라고 해요. 제 꿈은 뷰티 숍 원장이 되는 거예요. 제가 어릴 때부터 머리하고, 메이크업 하는 걸 정말 좋아했거든요. 저처럼 머리 만지고 꾸미는 거 좋아하는 친구들 있나요?"

세인이가 웃으며 묻자, 몇몇 아이가 손을 번쩍 들었다.

세인이는 고개를 끄덕이고 나서 이야기를 이어 갔다.

"좋아요. 저는 제 가게를 열어서 많은 사람을 예쁘게 만들어 주는 것이 꿈이에요. 여러분도 자신이 좋아하는 일을 찾으면 그 꿈을 꼭 이루길 바라요."

아이들이 세인이 이야기를 들으며 눈을 반짝였다.

이어서 정식이가 나왔다.

"안녕하세요. 저는 방정식입니다. 제 꿈은 세계적인 수학자가 되는 거예요. 어릴 때부터 숫자 놀이를 좋아했는데, 그게 점점 커져서 수학을 깊이 있게 공부하게 됐어요. 복잡한 문제를 풀 때마다 정말 재미있거든요."

몇몇 아이가 고개를 갸우뚱하며 물었다.

"수학이 재미있다고요?"

정식이는 웃으며 대답했다.

"어려운 문제를 풀었을 때 느껴지는 성취감이 좋아요. 수학이 재미없다고 생각할 수 있지만, 한번 제대로 풀리면 아주 신나는 일이라는 걸 꼭 알려 주고 싶어요. 세계 어디든 가서 새로운 수학 문제를 찾아 풀고 싶어요."

아이들은 정식이의 열정적인 이야기에 감탄하며 고개를 끄덕였다.

그다음으로 준표가 마이크를 잡았다.

"공준표입니다. 사실 저는 아직 제 꿈이 뭔지 잘 모르겠어요."

준표는 잠깐 머뭇거리다 다시 말을 이었다.

"하지만 열심히 공부하면서 언젠가는 저도 제 꿈을 찾을 수 있을 거라고 믿고 있어요. 꿈이 없더라도 걱정하지 마세요. 열심히 노력하면 어느 순간 '이거다!' 하는 걸 발견하게 될 거예요."

준표의 솔직한 고백에 아이들은 따뜻한 박수를 보냈다.

한 아이가 손을 들고 물었다.

"꿈을 찾는 게 어려워요?"

준표는 미소를 지으며 답했다.

"어려울 수도 있어요. 하지만 중요한 건 포기하지 않는 거예요. 저도 제 꿈을 찾기 위해 이것저것 해 보고 있어요. 여러분도 여러 가지에 도전하면서 언젠가 자신만의 꿈을 찾기 바라요."

깊이 공감했는지 아이들이 고개를 크게 끄덕였다.

세인이가 마무리했다.

"여러분, 저희가 말한 꿈처럼 여러분도 좋아하는 것이 있다면 계속해서 도전해 보세요. 때로는 어려운 일도 있겠지만, 포기하지 않고 꾸준히 노력하면 반드시 꿈을 이룰 수 있을 거예요. 모두모두 파이팅!"

아이들은 세 아이의 응원에 미소를 지었다.

도서 전달식이 끝나 갈 무렵, 원장님이 성운이에게 따뜻한 미소를 보내며 말했다.

"성운아, 네가 새 학교 가서 이렇게 좋은 친구들을 사귀고 멋지게 생활하니까 정말 기쁘다. 마지막으로 우리 보육원을 대표해서 네 꿈도 동생들에게 들려주면 좋겠어."

성운이는 잠깐 멈칫하다가 마이크를 잡고 천천히 말을 시작했다.

"사실 저는 국어를 정말 좋아해요. 그래서 제 꿈은 국어에 관련된 거예요. 뇌과학자도 되고 싶어요."

아이들은 국어 관련이라는 말에 고개를 갸우뚱하며 성운이를 바라보았다. 성운이는 미소를 지으며 계속했다.

"국어는 우리가 날마다 사용하는 언어이고, 이 언어를 더 잘 이해하고 아름답게 쓰는 법을 배우는 건 정말 중요한 일입니다."

몇몇 아이가 고개를 끄덕였다.

새로운 꿈들

"저는 그래서 국문학자가 되어도 좋겠다고 생각해요."

한 아이가 손을 들고 질문했다.

"국문학자는 뭐예요?"

성운이는 자상하게 설명했다.

"국문학자는 우리나라의 문학을 연구하는 사람이에요. 옛날이야기나 시, 소설 같은 것들을 연구하고, 그 가치를 알리는 일을 하죠. 저는 그런 책들을 읽고 연구하고 싶어요. 그리고 또 다른 꿈은 강사가 되는 거예요. 전국을 다니면서 많은 사람에게, 특히 여러분 같은 보육원 친구들에게 꿈을 심어 주는 강사가 되고 싶어요. 저는 친구들이 때로는 외롭거나 힘들 수 있다는 걸 알아요. 저도 어려운 시기를 겪었으니까요. 그래서 여러분에게 꿈을 찾고, 그것을 이룰 수 있다는 희망을 주고 싶어요."

아이들 사이에서 웅성거리던 소리가 이내 박수 소리로 이어졌다. 아이들은 마음속에 새로운 희망을 품었다. 그날의 기억은 오랫동안 잊지 못할 순간으로 남게 되었다.

성운이의 감동적인 이야기에 모두 여운을 느끼고 있을 때, 이미도 선생님이 조용히 앞으로 나서서 따뜻한 미소를 지으며 말했다.

"여러분, 혹시 성운이가 만든 유튜브에서 '엄마 찾으러 간 이야기' 본 적 있나요?"

이미도 선생님 질문에 아이들은 고개를 끄덕이거나 머쓱한 표정을 지었다. 보육원 사람들은 보지 못하게 차단했는데 뚫고 들어온 모양이었다. 그 이야기는 보육원 아이들 사이에서 유명한 영상이었다.

아이들 중 한 명이 작게 말했다.

"네, 저도 봤어요. 성운이 형이 엄마를 찾으러 시골로 막 다닌 이야기 맞죠?"

성운이는 잠깐 당황한 표정을 지었다.

그러자 이미도 선생님이 조용히 고개를 저으며 입을 열었다.

"사실, 그 영상에 나오는 이야기는 조금 잘못된 부분이 있어요. 오늘 성운이에게 그동안 알려 주지 않았던 비밀을 하나 말해 주려고 해요."

아이들은 선생님 말에 귀를 기울였다. 성운이도 살짝 긴장한 채 선생님이 다음 말을 하기만 기다렸다.

"영상에 나온 입소 카드 있잖아요?"

이미도 선생님이 조심스럽게 말을 이었다.

"사실 그 카드는 성운이 것이 아니에요."

아이들은 깜짝 놀라며 서로의 얼굴을 쳐다보았다.

한 아이가 물었다.

"그게 무슨 말이에요?"

새로운 꿈들

이미도 선생님은 차분하게 설명을 이어 갔다.

"그 카드는 성운이가 보육원에 처음 왔을 때 사용된 것이 맞아요. 하지만 다른 아이 거였어요. 그 아이는 안타깝게도 보육원에 오자마자 세상을 떠났어요. 그런데 이름이 성운이였어요."

아이들은 조용히 숨죽이며 이야기를 마저 들었다.

"그 아이는 짧은 생을 마감했지만, 그 입주 카드의 이름을 우연히 성운이가 다시 사용하게 된 거예요. 우리 몰래 사무실에서 그 카드를 본 건 큰 잘못이지만, 진짜 성운이의 기록과 카드는 따로 보관되어 있답니다."

성운이는 잠깐 믿기지 않는다는 표정으로 선생님을 바라봤다.

"정말요?"

이미도 선생님은 고개를 끄덕였다.

"성운아, 진짜 네 기록은 따로 보관돼 있어. 너는 단순히 그 아이의 이름을 이어받은 거야."

아이들은 더 큰 충격에 빠졌다.

"성운이가 이렇게 멋지게 자라 주었으니, 먼저 세상을 떠난 그 아이는 하늘에서 기뻐하고 있을 거야."

성운이는 처음 듣는 이야기에 깊은 생각에 잠겼다. 자신의 카드인 줄 알았던 것이 다른 아이의 것이었다는 사실은 충격적이었지만, 그 아이 이름을 이어받아 살아가고 있다는 생각에 마음이 묘하게 따뜻해졌다.

한 아이가 감동한 표정으로 말했다.

"그러니까 성운이 형은 그 아이 이름을 대신해서 꿈을 이루고 있는 거네요!"

성운이는 미소를 지으며 고개를 끄덕였다.

"그래, 그런 셈이지. 그 아이를 대신해서 나도 더 열심히 살아야 할 것 같아. 그 아이 몫까지."

아이들은 성운이 말에 깊이 감동을 받았다. 그들은 성운이가 자신의 꿈을 이루며, 또 다른 아이의 삶을 기억하고 있다는 사실에 큰 의미를 느꼈다.

이미도 선생님이 마지막으로 말했다.

"원한다면 원래 카드 보여 줄게. 별거는 없어. 네가 우리 보육원 현관에 놓여 있었기 때문에 아무 정보도 없지만 이렇게 멋지게 자란 건, 그 아이 이름뿐 아니라 너 자신의 노력 덕분이야. 여러분도 자신만의 이름을 소중히 여기고, 꿈을 향해 나아가길 바라요. 성운아, 원하면 언제든 보여 줄게. 이제 몰래 사무실 뒤질 필요 없어."

아이들은 성운이와 선생님의 이야기에 감동하며, 마음속에 깊은 울림을 느꼈다. 성운이는 잠깐 생각에 잠기더니, 고개를 들어 이미도 선생님을 바라봤다.

새로운 꿈들

그리고 조용히 말했다.

"지금은 보지 않겠어요. 나중에, 어른이 된 뒤에 볼게요."

주위는 조용해졌고, 세 아이는 깜짝 놀란 눈으로 성운이를 쳐다봤다.

세인이가 특히 안달이었다.

"왜 지금 안 보겠다는 거야? 궁금하지 않아?"

"물론 궁금하긴 해. 하지만 지금은 그게 중요하지 않아. 고아로서 진짜 행복은 부모를 찾는 데 있지 않다고 생각해. 진정한 행복은, 우리에게 주어진 삶을 꽃피우는 데 있다고 믿거든."

아이들은 성운이 말을 듣고 깊은 생각에 잠긴 듯 조용해졌다.

성운이는 천천히 말을 이어 갔다.

"부모님을 찾지 못한다고 해서, 우리 삶이 불행한 건 아니야. 중요한 건 지금 우리가 어떻게 살아가느냐는 거야. 《자기 앞의 생》에서 모모는 할아버지에게 '언젠가는 나도 불쌍한 사람의 이야기를 쓸 거예요.'라고 말해. 주어진 환경에서 최선을 다하고, 자신을 꽃피우는 것. 그게 우리가 해야 할 일이야."

이미도 선생님은 눈시울이 붉어졌고, 주위의 다른 아이

들도 눈물을 글썽였다.

성운이는 차분한 목소리로 마지막 말을 덧붙였다.

"나도, 그리고 너희도 모두 저마다의 길을 걸어가고 있어. 그 길에서 우리가 꽃을 피우면, 그것이야말로 진정한 행복 아닐까?"

아이들은 고개를 끄덕였다. 성운이의 따뜻한 말은 아이들 가슴에 깊이 스며들었다.

이미도 선생님은 눈물을 닦으며 조용히 말했다.

"그래, 성운아. 너는 이미 그 누구보다 아름답게 꽃을 피우고 있어."

그날, 보육원에 있던 모든 이들은 성운이 말에 감동을 받았다. 그들은 성운이 말처럼 각자 주어진 삶에서 자신만의 꽃을 피워 내겠다는 다짐을 마음속에 품었다.

그때 세인이가 튼 노래가 흘러나오기 시작했다.

♬모모는 방랑자.
모모는 외로운 그림자.
너무 기뻐서 박수를 치듯이 날갯짓하며,
날아가는 니스(Nice. 프랑스 도시)의 새들을 꿈꾸는 모모는 환상가.
그런데 왜 모모 앞에 있는 생은 행복한가.

새로운 꿈들

인간은 사랑 없이 살 수 없다는 것을 모모는 잘 알고 있기 때문이다.♬

작가 후기

국어에 대한 나의 관심과 애정은 나를 글 쓰는 사람으로 이끌었다. 한마디로 국어는 나의 삶이라 할 수 있다. 국어는 단순히 학문적 지식의 대상이 아니라, 우리가 삶을 살아가는 데 꼭 필요한 소중한 도구다. 말과 글을 통해 생각을 표현하고, 마음을 나누며, 서로를 이해하는 것은 인간의 삶에서 가장 중요한 일 중 하나이기 때문이다.

그러나 요즘 들어 많은 학생이 독서를 소홀히 하는 모습을 보며 안타까움을 느끼곤 한다. 책을 읽는 시간이 줄어들고, 대신 인터넷과 핸드폰에 많은 시간을 투자하는 현실이 우리 앞에 놓여 있다. 그 결과, 학생들의 문해력은 점점 떨어지고 있다. 문해력은 단순히 글을 읽고 이해하는 능력을 넘어서, 사고력과 표현력, 그리고 논리적 사고를 형성하는 데 중요한 역할을 한다. 글을 읽지 않으면 생각의 깊이가 얕아지고, 감정 표현도 제한될 수밖에 없다. 이는 사회 생활뿐 아니라 개인의 성장을 위해서도 매우 큰 문제다. 이 작품에 등장하는 주인공들의 삶이 바로 그런 문해력 약한 삶이다.

국어는 우리의 생각을 다듬고 삶을 살아가는 방향을 제시해 주는 역할을 한다. 일상에서 우리가 사용하는 모든 말과 글, 그리고 그 안에 담긴 의미들은 우리를 더욱 깊이 있는 사람으로 만들어 준다. 국어를 공부한다는 것은 단순히 시험을 잘 보기 위한 수단이 아니라, 우리의 삶을 더 풍요롭게 만들기 위한 필수 요소다. 말의 힘은 우리를 변화시키고, 세상을 바꿀 수 있는 엄청난 에너지를 가지고 있기 때문이다.

나는 국어의 중요성을 누구보다 잘 알고 있기에, 이 작품에서 글을 통해 많은 사람들에게 국어의 소중함을 전하고 싶었다. 특히 보육원에서 자란 보호 대상 아동들에게 국어가 얼마나 큰 힘이 될 수 있는지 이야기하고 싶었다. 보호 대상 아동들은 언어 교육을 충분히 받지 못한 경우가 많다. 그로 인해 학습 환경에서 불리함을 겪을 수 있다. 그러나 중요한 것은 출발점이 아니라, 그들이 앞으로 걸어갈

방향이다. 얼마든지 국어를 잘 배울 수 있고, 훌륭한 인재로 성장할 수 있다고 믿는다.

우리는 모두 다르게 태어나고, 각자 다른 환경 속에서 자라난다. 하지만 배움의 의지와 노력이 있다면, 그 차이는 얼마든지 극복할 수 있다. 보육원에서 자란다고 해서, 그들이 언어에 약할 것이라는 편견은 버려야 한다. 오히려 그들은 자신이 처한 환경에서 더 열심히 배우고, 더 강한 의지로 꿈을 키워 나간다. 나는 그런 아이들이 존경스럽다.

국어는 부모님으로부터 배울 수 있는 기초 교육일 수도 있지만, 그 이상으로 자신의 노력과 의지가 더해질 때 비로소 진가를 발휘한다. 국어는 우리를 세상과 소통하게 해 주는 가장 강력한 도구다. 그리고 그 도구는 부모님의 가르침이 없어도, 스스로 노력하면 얼마든지 잘 다듬고 사용할 수 있다. 꿈을 이루기 위해 국어라는 도구를 멋지게 활용할 수 있다.

이 글을 읽는 독자들도 성운이로 대표되는 보호 대상 아동들에게 용기와 희망을 주었으면 좋겠다. 그들이 국어를 배우고, 자신의 꿈을 향해 나아가는 과정을 함께 응원해 주기를 부탁한다. 국어는 모두에게 열려 있는 세계다. 이 세상 어느 언어보다도 우리에겐 중요한 것이다. 국어를 잘하는 사람이 외국어도 잘하고 그 안에서 자신의 목소리를 찾을 수 있다. 나는 그 목소리가 세상에서 더 크게, 더 아름답게 들리기를 간절히 바란다.

2025년 봄 북한산 기슭에서 고정욱

PS. 도움을 준 김천교육지원청 이성남 장학사에게 특별한 감사를 드린다. 한국고아사랑협회 회장이기도 한 그는 최초로 보호 대상 아동에서 장학사까지 된 전설적인 교사다.